JN072078

皇帝の薬膳妃

緑の高原と運命の導き

尾道理子

角川文庫
23954

目次

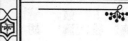

用語解説と主な登場人物

伍尭國（ごぎょうこく）

麒麟の都を中央に置き、北に**玄武**、南に**朱雀**、東に**青龍**、西に**白虎**の**五つの都**を持つ五行思想の国。

四公（しこう）

東西南北それぞれの地を治める領主。重臣として国の政治中枢にも関わる。

玄武（げんぶ）……医術で栄える北の都。

- **董胡**（とうこ） 性別を偽り医師を目指す少女。「人の欲する味が五色の光で視える」という力を持つ。
- **鼓濤**（ことう） 董胡と同一人物。玄武の姫として皇帝に輿入れする。
- **卜殷**（ぼくいん） 小さな治療院を営む医師。董胡の親代わりであり師匠。
- **楊庵**（ようあん） 董胡の兄弟子。先輩医師の偵徳（ていとく）と共に、董胡を捜して王宮に潜入する。

- **玄武公 亀氏**（きし） 玄武の領主。絶大な財力で国の政治的実権をも握る。
- **濤麗**（とうれい） 董胡の母。故人。
- **王琳**（おうりん） 董胡の侍女頭。厳しいが有能。
- **茶民**（ちゃみん） 董胡の侍女。貯金が生き甲斐（がい）。
- **壇々**（だんだん） 董胡の侍女。食いしん坊。
- **尊武**（そんぶ） 玄武公の嫡男。不気味な存在。

麒麟(きりん)……皇帝の住まう中央の都。
国の統治組織を備えた
王宮を有する。また、天術を
司る皇帝の血筋の者も
「麒麟」と呼ばれる。

・黎司(れいし)　現皇帝。うつけの乱暴者と噂される。

・翔司(しょうし)　黎司の異母弟。
粗暴とされる兄を憎む。

白虎(びゃっこ)……商術で栄える西の都。

朱雀(すざく)……芸術で栄える南の都。

・朱璃(しゅり)　父の妓楼で芸団を楽しんでいたが、
朱雀の姫として皇帝の后に。

青龍(せいりゅう)……武術で栄える東の都。

・青龍公 龍氏(りゅうし)　青龍の領主。
色黒で武術に長け、
計算高く腹黒い。

ロー族……国境を越えた高原を
春営地とする伝説の部族。

・ロサリ　ロー族の後継者。
謎の病に苦しむ。

・サーヤ　ロサリの世話役を務める少女。
ロサリの回復を心から願う。

・カザル　サーヤの弟。
時々不思議な言動をする。

序

伍尭國（ごぎょうこく）の北の地、玄武（げんぶ）で男装の平民医生として育った董胡（とうこ）は、思いもかけない生い立ちを知らされ、皇帝の后（きさき）の一人として王宮で暮らすことになってしまった。

しかも皇帝は幼い日に憧（あこが）れ、薬膳（やくぜん）師になることを約束したレイシだったと気付く。

薬膳師を目指す少年だと信じている黎司（れいし）に、本当は女性で后ですらあることを告げられぬまま、孤軍奮闘する皇帝のために自身を后の専属薬膳師と偽り奔走する董胡。

しかし少しずつ周囲の人々に一人二役の正体がばれて追い詰められていく。

ついには宿敵ともいえる玄武公の嫡男・尊武（そんぶ）に秘密を知られてしまい、青龍（せいりゅう）での任務に同行するはめになる。

共に過ごす中で自分を悪人だと言い切る冷酷無比な尊武に反発しつつも、董胡は医師としての強烈な敗北感を味わい何が正しいのか分からなくなる。

やがて任務も終盤を迎え黎司の許（もと）へようやく戻れる日が近付いた董胡だったが、突然現れた木彫りの面をつけた人々に攫（さら）われてしまう。

そうして国境を越えた東の高原で、新たな出会いが待ち受けていた。

一、王宮の黎司

皇帝・黎司は久しぶりに皇宮の私室を出て、后の一人を訪ねていた。

青龍への特使団が旅立ってから、皆の無事を祈ってずっと祈禱殿にこもっていたのだが、そんな黎司に今朝がた脅迫めいた文が届いたのだ。

皇帝にそんな文を送る后は一人しかいない。

「ようこそおいで下さいました、陛下」

御座所の御簾を上まで巻き上げ、艶やかな唐衣を見事に着こなし、玉飾りが幾重にも垂れた仰々しい頭を平伏させ、普段より馬鹿丁寧に出迎える后。

「う、うむ。しばらくぶりだな、朱璃」

この后が馬鹿丁寧に出迎える時は要注意だった。

なにか余程言いたいことがあるのだろう。

黎司は居心地悪い表情を浮かべつつも、后の前の繧繝縁の厚畳に腰を下ろした。

「久しぶり過ぎて陛下のお顔を忘れるところでございました」

朱璃は平伏したまま恨み言のように告げる。

「す、すまない。祈禱殿に籠っていたのだ。顔を上げるがよい、朱璃」

浮気でもして責め立てられる夫のような言われようだった。

実際に皇帝に届けられた文には、夫の通いがない妻の怨念のような言葉が並んでいた。

「もう永遠にお越し下さらないのかと枕を涙で濡らす日々でございました。背の君」

夫の訪問を待ちわびる一途な妻のような言葉だが、顔を上げ黎司を睨みつける様は、夫を追い詰める恐妻の風情だ。

「そなたが私のために枕を涙で濡らすとは思えぬが……」

思わず反論する黎司を、朱璃は更にぎろりと睨みつけた。

「これだから女心の分からぬお方は困りますわ」

よよと袖で目元を拭う素振りは、見惚れるほど優雅で美しいが嘘くさい。

黎司は頭を抱え、白旗を揚げた。

「すまなかった。いい加減許してくれ。いったい何に臍を曲げているのだ」

朱璃は気が済んだのか、ようやくいつもの調子で口を開いた。

「陛下にお聞きしたいことがございます」

どうやらそのために、今日中に来なければ何をするか分からないと脅す、常軌を逸した后の恋心を詠う文を朝っぱらから送りつけてきたようだ。

「青龍に皇帝の特使団が派遣されたそうでございますね」

朱璃は単刀直入に尋ねた。

「うむ。朱雀公から聞いたか。先日の雲埆の事件で青龍の医術が乱れていることは話したな？」

発端となった青龍の后・翠蓮の病については、朱璃も少なからず関係している。

むしろ、董胡を翠蓮の許へ診察に行かせたのは朱璃の口添えがあってのことだと黎司も聞いていた。

だから青龍の后宮の専属医官であった雲埆の事件についても、朱璃には報告している。

「大層な行列を作って王宮を出ていったと后宮の者たちも騒いでおりました。父上様に聞かずとも耳に入ってきます」

「うむ。青龍は敵国と接する地ゆえ、護衛も多く連れて行ったからな」

いかに閉鎖的な后宮といえども、さすがに噂が流れてきたらしい。

「その特使団に、玄武のお后様の専属薬膳師が同行したというのは真でございますか？」

「…………」

朱璃の情報網は、そんな細かなことまで捉えるのかと黎司は黙り込んだ。

「なにゆえ后の専属薬膳師が？　まさか陛下がお命じになったのですか？」

「違う！　私は行くなと命じたのだ。しかし董胡が……」

黎司は思わず反論した。

できることなら黎司だって行かせたくなかった。

「董胡が行くと言ったのですか？」

朱璃は驚いたように聞き返した。

「そなたは……董胡とも懇意にしていたのだったな」

朱雀へ密偵として董胡を派遣して以来、朱璃は玄武の后の鼓濤(ことう)と共に董胡とも親交を深めていると聞いていた。

「なぜ董胡が？　お后様の許を離れて青龍にまで……？」

「聞きたいのは私の方だ。行くなという私の言葉を反故(ほご)にしてまで行かねばならないのだと董胡は言っていた。雲埆の罪を暴いた責任だとか、私の密偵として探るためだとか言っていたが、どれも本当の理由ではないように思う」

「董胡がそんなことを……」

朱璃は何事かを考え込んだ。

「何か思い当たることがあるのか？」

黎司は朱璃が何か知っているのではないかと尋ねる。

しかし朱璃は別のことを聞き返した。

「陛下の密偵とは？　何か密偵に探らせるようなことがあるのでございますか？」

そこで黎司は、朱璃に伝え忘れていたことがあったと気付いた。

「玄武の嫡男・尊武のことだ。董胡の話では、どうやら彼が朱雀で怪しげな極楽金丹(ごくらくきんたん)を広めていた若君で間違いないようだ」

「玄武の嫡男が……やはりそうなのですね」

朱璃は想定内だったのか、さほど驚かなかった。

「しかし、そのことと特使団に密偵を忍ばせることに何の関係が？」

朱璃は首を傾げる。

「今回の特使団の団長は尊武だからだ」

その言葉には、朱璃も大きく反応した。

「な、なんですって？」

「その尊武が言い出したのだ。后の薬膳師を連れて行くと」

「ま、まさか……では……尊武様は……」

何かを言いかけて、朱璃は慌てて口を閉ざした。

「尊武がなんだ？」

黎司は探るように朱璃を見つめる。

「いえ……そんな危ない人物と共に遠方に行くなんて……。危険過ぎると思ったのです」

朱璃は言い繕ってから、誤魔化すように怒りの矛先を黎司に向けた。

「そ、そもそも、なぜそんな危ない旅に董胡を同行させたのですか！　陛下が命じれば、玄武の嫡男であろうと無理強いはできなかったはずです！」

「私は全力で止めたぞ！　だが董胡が行くと言ってきかなかった」

「それでも皇帝の権力で命じればよいではないですか!!」

朱璃は不満たっぷりに黎司を責め立てる。

そんな朱璃に、黎司は力なく告げた。

「仕方がないだろう。行かなければ私の前から消えると言われたのだ」

「な！」

朱璃はそれを聞いて啞然とした。

「消える……？」

「そうだ。だからどうか行かせてくれと言われた」

「…………」

朱璃は再び考え込んだ。

「そなた……やはり何か知っているのか？」

「いえ……私はなにも……」

「知っているなら教えて欲しい。董胡は鼓濤を庇おうとしているのではないのか？　私は董胡も鼓濤も守りたいのだ。二人を失わないためならどんな事実も受けとめるつもりだ。だから知っていることがあるなら教えて欲しい」

「陛下……」

しかし朱璃は静かに首を振った。

「陛下がご存じないことを、私が知るはずもございません」

黎司は朱璃の返答に肩を落とした。

「そ、それで董胡は元気にしているのですか？　危険な目に遭っていませんか？」

朱璃は気を取り直して尋ねた。

「実は……危険な目には遭った。危うく医生の反乱に巻き込まれて斬られるところだったと早馬の知らせが届いている」

先日、ようやく角宿からの知らせが黎司の許に届いていた。

「な！　斬られるところだったって……。それで董胡は？」

朱璃は青ざめて身を乗り出した。

「案ずるな。ぎりぎりのところで密偵が助けに入ったようだ。董胡は元気にしている。特使団の仕事も目途がついて、すでにこちらに戻る道中のはずだ」

その言葉を聞いて、朱璃はほっと息を吐いた。

「そなた……、ずいぶん董胡のことが気になるようだな」

黎司は一喜一憂する朱璃の様子を見て苦笑した。

「そりゃあ、まあ……。鼓濤様のお気に入り医官ですから……。董胡が差し入れてくれる菓子は、私の侍女達も気に入っていますし」

「うむ。私もそろそろ董胡の料理が恋しくなってきた」

ため息をつく黎司に朱璃はわざと尋ねた。

「料理だけですか？」

「？」

朱璃の問う意味が分からず、黎司は首を傾げた。

「いえ。聞いてみただけです」

「まあ……。私にとって董胡は遠い日に出会った命の恩人でもある。料理のことがなくとも、董胡は私にとってかけがえのない特別な存在だ」

「かけがえのない特別な存在……ですか。后の一人としては妬けますね」

「ふ……。后とは男の医官にまで嫉妬するのか？」

黎司は笑いながら告げる。いつもの朱璃の軽口だと思っていた。

「…………」

しかし朱璃は意味深な表情で黎司をじっと見つめている。

そしてやれやれという顔で、首を振った。

「陛下は稀にみる良い男だと思っておりましたが、色事には思いのほか鈍感のようでございますね。この先、手がかかりそうです」

呆れたように告げる朱璃に、黎司は心外な顔をした。

「どういう意味だ。引っかかる言い方だな」

「いえ、別に……。戯言でございます。受け流して下さいませ」

しかし黎司は少し困り顔になって続けた。

「実は……董胡のことで、少し鼓濤に冷たい言い方をしてしまった。厳しく言えば鼓濤が董胡を止めてくれるのではないかと思ったからなのだが……」

「鼓濤様と喧嘩をしたのですか？」

朱璃は、なぜだか少し楽しそうに身を乗り出した。

「うむ。喧嘩というか、私が一方的に悪かったと思っている。だが、しかし……」

「しかしどうしたのですか？」

歯切れの悪い黎司に朱璃は首を傾げた。

「いや……仮にも后の一人であるそなたに相談する話ではないな。やめておこう」

思い直したように告げる黎司に、朱璃の野次馬心が疼く。

「ええい、じれったい。おっしゃって下さいませ。気になるでしょう」

襟を摑みかねない勢いで尋ねる朱璃に、黎司は仕方なく口を開いた。

「その……一言謝罪をしようと先触れの文を送っているのだが、流行り病だと言ってまったく会ってくれなくなった。董胡が青龍に行ってから三度も断られている」

「それは……」

朱璃は何か思い当たったのか、ああ、という顔になった。

「やはりまだ怒っているのだろうか？　それとも本当に流行り病なのだろうか？　どう思う、朱璃？」

困り果てたように尋ねる黎司に、朱璃はいたずらっぽい目を向ける。

「それは鼓濤様もさぞかしお怒りなのでございましょう。陛下に失望して、もう二度と会って下さらないかもしれませんね」

「もう二度と？　そこまで嫌われてしまったのか？」

青ざめて途方に暮れる黎司を見て満足したのか、朱璃は少し笑いながら告げた。

「ご心配には及びません。可愛がっている薬膳師がいなくて気落ちしているのでございましょう。しばらくそっとしておかれるのが良いでしょう。董胡が戻ってくれば、きっとまた会って下さいますよ。それまで仲直りはお待ちになった方が良いでしょう」

「そうであってくれればいいが……。だがまあ、そうだな。しばらく様子を見て、董胡が戻ってから、もう一度文を出してみることにしよう」

その後朱璃と少し歓談してから、黎司は早々に戻っていった。


皇宮に戻ると、侍女頭の奏優が待ち構えていた。

まだ日は高く、祈禱の合間に朱璃を訪ねていたのだ。

「ずいぶんお早いお帰りでございますね、陛下」

「ああ。少し話をしただけだからな」

「朝っぱらからあのようなはしたない文を送ってくるなんて、朱雀のお后様はあまり素行のよろしいお方ではないようでございますね」

衣装の着替えを手伝いながら、奏優は少し不満げに言った。

奏優は、朱璃が妓楼で育ったと知ってから、あまり良く思っていない。

「あれは朱璃特有の悪ふざけだ。本気で言っているわけではないのだ」

「まあ、悪ふざけだなんて！　陛下になんて不遜なことを！」

「いや、私は別に気を悪くしているわけではない。朱璃は気の良い人物だ」

「陛下がそのようにお優しいから増長しているのでございますわ！」

奏優には何度も朱璃の人柄を話しているのだが、話せば話すほどに誤解されてしまう。

家柄の良い奏優には、到底理解出来ない姫君なのだろう。

「まったく。どうしてこう問題の多いお后様達ばかりなのでしょう。青龍のお后様は幼い上に病弱だし、玄武のお后様ときたら……」

奏優は思い出して怒りが込みあげてきたのか、むうっと険しい顔になる。

「陛下の先触れを三度も続けてお断りになるなんて！　無礼にも程がありますわ！」

忠誠心溢れた侍女頭なのだが、黎司を信奉するあまり時々暴走するところがある。

「流行り病なのだ。私に病をうつさぬように遠慮しているのであろう」

「今回だけではありませんもの。仮病に決まっていますわよ！」

遠く麒麟の血も混じった白虎の大貴族の娘で、真面目で仕事熱心なのはいいのだが、黎司の后については口うるさくて辟易することもある。

　まだ年若いがどういうわけか黎司の侍女に志願してきて、家柄を加味して侍女頭に抜擢されることになった。若さゆえに不安な部分もあるものの、仕事はとても真面目にやってくれているので不満があるわけではないのだが……。

「ああ……。陛下はこんなに素敵な方なのに、お后様運がひどく悪いのですわ。どうしてこうもろくでもないお后様ばかり……」

「いや……私は別に后運が悪いとも思っていないのだが……」

黎司は困ったように苦笑する。

「陛下！　誰かお気に召した女官がいれば二の后にしてもよろしいのですよ。私が良き姫君を探して参りましょうか」

「いや、いい。気持ちだけもらっておく。ありがとう、奏優」

最近はいつもこのような会話に終始しているのだった。

奏優が出ていくのと入れ替わって、今度は翠明が顔色を変えて部屋に入ってきた。

「陛下っ！　大変でございます！」

「どうした、翠明？」

黎司は祈禱殿に上がろうとしていた足を止めた。

「今しがた密偵より早馬が参りました。董胡が……。董胡が何者かに攫われたと……」

「な！　なんだと！　そんな馬鹿な……」

黎司は思いもかけない言葉に青ざめた。

「そんなはずはない。私はほんの二日前に祈禱殿の銅鏡で董胡の姿を見ている」

薬草園のようなところで薬草を摘んでいる元気な姿がはっきりと映っていた。

思わず「董胡」と呼びかけたら、気付いたように顔を上げて辺りを見回していた。

怪我もなく元気そうな様子にほっとしていたというのに。

特使団の仕事もひと段落ついて、尊武と董胡はすでに帰途についているものと安心していた。それなのに……。

「そなたの式神はまだ董胡の許に戻せぬのか？」

「はい。私も初めてのことですし遠く離れすぎていて、術がうまく使えないのです」

「では董胡は式神も密偵もつけぬまま、一人きりで攫われたということか？」

「いえ。密偵が一人、董胡を追っているとのことです。その者が必ずや居場所を突き止めてくれます。次の連絡を待ちましょう」

「…………」

青龍に行かなければ黎司の前から姿を消すと言った董胡の言葉が蘇ってくる。

（結局攫われてしまうのならば、無理やりでも止めるべきだったのでは……）

今更な後悔が胸に重く溢れてくる。

「私を……董胡の許に飛ばしてくれ、翠明」

「陛下……」

翠明は青ざめた。

「そのために私の髪も董胡に持たせたのだ。私を式神にして飛ばしてくれ、翠明」

だめだという翠明を説得して、董胡に侍女二人の髪と共に黎司の髪も持たせた。

いざという時は、黎司が人柱となって董胡の許に現れる。そのつもりだった。

「む、無理です、陛下。できません」

翠明はぶるぶると首を振る。

「私を使役することを躊躇っているなら遠慮はいらない。頼む、翠明！」

「躊躇いがある段階で、術を使いこなすのは無理なのです。私にはどうしても陛下を人柱にすることなどできないのです。どうかお許し下さい」

「だが天術も進展がなく、あとはそなたの式神となるしかないのだ」

初代、創司帝が起こした奇跡を調べて、黎司は一つの疑問に辿り着いていた。

その疑問の答えとなるべく天術を試していたのだが、どうしてもできなかった。

できないと焦るうちに董胡が無事だったという知らせが届き、今はまだ無理をしないでおこうと翠明と話し合っていた。だがしかし……。

「もはや天術を試している場合ではない。今、この瞬間にも董胡が危険な目に遭っているかもしれない。私を式神にして飛ばしてくれ。頼む、翠明」

「侍女二人の式神すら再構築できずにいるのです。まずは二人の式神侍女を董胡の許に戻しましょう。どちらにせよ、それができてからの話です」

「………」

確かにそれすらもできないでいるのに、黎司の式神を遠方に飛ばせられるわけがない。

だが、そうですかと指をくわえて待っているわけにもいかない。

「ならば……私ももう一度、天術を試してみる。董胡の居場所を突き止めてみせる！」

黎司は再度決意を固め、祈禱殿に向かった。

二、消えた使部

「おい！　朝飯はまだか！」

青龍の南東にある角宿の雲埆寮では、朝から尊武の怒鳴り声が響いていた。

寝所の隣にある従者部屋をがらりと開け放ったものの、そこで寝ているはずの使部(つかいべ)の姿はない。

「朝っぱらからどこをほっつき歩いているのだ。まったく、使えぬやつだ！」

空腹と共にいらいらは頂点に達していた。

「また拓生(たくせい)の看病に行っているのか。くそっ！」

先日斬られて大怪我をした拓生の看病で、董胡は三日ほど診療所に泊まり込んでいた。

だがゆうべはようやく意識が戻ったと、部屋に戻ってきていたはずだった。

「拓生の容態が悪くなったのか？」

どちらにせよ、診療所にいるのだろうと思っていた。

「戻ってきたら叱りつけてやる。ふん！」

尊武は仕方なく廊下に出て、近くにいた従者を呼んで朝餉(あさげ)を持ってくるよう命じた。

しばらくして運ばれてきたのは、医生が作ったらしい芽花椰菜と鶏肉が山盛りになった青龍の定番料理だった。

「またこれか……」

尊武はげんなりと膳を見つめ、ますます不機嫌になる。

茹でただけの芽花椰菜、塩をぶっかけて焼いただけの鶏肉。それに野菜のぶつ切りが入った汁椀に白飯。どれも大味でまったく美味くない。

ぽそぽそと箸でつまんで食べていると、董胡の作った饅頭が恋しくなってくる。

「薬膳師のくせに食事の準備を忘れるとは、怠慢が過ぎるぞ。一応皇帝の后だからと、あいつを甘やかし過ぎたのかもしれぬ。少し思い知らせてやらねばな。ふん」

正直言って男装する女など気味が悪い。

平民育ちで皇帝の后に成りすますなど、どんな図々しいあばずれかと思っていた。

最初は妹の華蘭に始末して欲しいと頼まれて、面白そうだと興味を持った。

あの華蘭が手こずる女がいるとは珍しい。

尊武は、妹ながら華蘭はこの世で最上の女だと思っていた。

良くも悪くも、女という生き物を濃厚に凝縮させた極上品だ。

見る者を酔わせるほどの飛び抜けた美貌と最上級の血筋。

しかもその可憐な容姿の内に、身震いするほどの傲慢と冷酷と陰湿を秘めている。

これほど女という魔物を余すところなく具現化した存在はいない。

妹だからというだけでなく、尊武が唯一そばに置いて大事にしている女だった。

その妹が目障りだと言うのだから、せっかくなら存分にいたぶって身の程を思い知らせてから、飽きたらこっそり葬り去って、華蘭に恩を売っておくのも悪くない。

まずは后の専属薬膳師などと名乗っている正体を暴き、弱みを握ってとことん追い詰めてやるのも一興かと后宮を訪ねた。

最初は本当にいたぶるだけのつもりだった。

どうせ降って湧いた玉(たま)の輿(こし)に喜ぶ、卑しく品性のない平民娘だと高をくくっていた。

だが話してみると、皇帝の后であることを喜ぶわけでもなく思いのほか聡(さと)い。

皇帝が寵愛(ちょうあい)しているらしいというのも気になった。

あの帝(みかど)が、平民女のどこにそれほど惹(ひ)かれているのか確かめてみたくなった。

そうして后宮で食べた料理は、安っぽい庶民料理のはずなのに想像以上に美味い。

帝はこの料理を目当てに通っているのだと合点がいった。

何ものにも執着しない尊武が、珍しく董胡の料理だけは捨てがたい。

甘ったるい善人思想に現実を突きつけてからかってやるのも楽しい。

華蘭以外の女をそばに置くのを悪くないと感じたのは初めてのことだった。

女というのは、恋だ愛だと不確かなものを盾につまらぬ言いがかりをつける面倒な者ばかりだと、最近では興味もなかったというのに。

「いや……。あれは女ではないな。あいつの女の部分になどまったく興味はない」

話していると、時々董胡が女であることを忘れている。

「料理の巧い薬膳師が、たまたま女だったというだけだ」

尊武は自分に言い聞かせるように呟いて、味気ない朝餉をぼそぼそと頬張った。

そんな尊武の許に火急の知らせが届いたのは昼過ぎだった。

医師団との話し合いのさなか、黄軍の月丞が尊武だけを部屋の外に呼び出した。

廊下に出てみると、月丞と空丞親子が拝座をして待っていた。

「なんだ。こんなところに私を呼び立てて」

面倒そうに尋ねる尊武に、月丞は苦渋を浮かべた顔を上げた。

「実は……先ほど麒麟の密偵から知らせが参りました」

「麒麟の密偵？」

皇帝配下の密偵が近くに来ていることは知っていたが、彼らは皇帝の命で動く者たちで特使団と直接の関わりはないはずだった。

先日、董胡が医生の反乱に巻き込まれて斬られそうになった時は、一刻を争うことゆえに姿を現したが、尊武が話しかける間もなく姿を消してしまった。

なるべく表に出ず、隠密裏に動くように言われているはずだ。

その彼らが黄軍の月丞に知らせを寄越すとは、何事だろうかと尊武は首を傾げた。

「密偵の報告によりますと、どうやら董胡殿が東の遊牧民に攫われたようでございます」

「は？」

尊武は予想だにしなかった報告に唖然とする。

「ゆうべ密偵の一人がそれを追いかけ、鳥笛で仲間を呼び寄せ、別の一人と合流したようでございます。その後、行き先を見届けて一人は応援を呼ぶため戻り、一人はそのまま今も追いかけている模様でございます」

「馬鹿な……。あいつは診療所で拓生の看病をしているのではないのか？」

尊武はあまりに突拍子もない話を、にわかに信じられなかった。

「ゆうべから董胡殿にお会いになられましたか？」

「ゆうべ……飯時にはいたが。そういえばその後、中庭に薬草を摘みに行くと言って部屋から出たのは知っているが……」

「おそらく、その時に連れ去られたのでございましょう」

「は……」

尊武は頭を抱えた。

「あの間抜けめ……。何をやっているのだ。……ったく」

この調子なら、明日にも医師団に後を任せて王宮に戻れると思っていたのに。

そばに置きたいなどと一瞬でも思った前言を心の中で撤回する。

色々役に立つやつだと思っていたのに、最後の最後にこんな面倒ごとに巻き込まれるとは。まるで疫病神だ。

「攫ったのはどの部族の者だ？　分かっているのか？」

尊武はいらいらを落ち着け、月丞に尋ねた。

「木彫りの面をつけていて顔は見えなかったということでございますが、連れ去った方角の谷あいにロー族が春営地を作ると聞きます。服装などから推定してもロー族ではないかという密偵の報告でございます」

「ロー族……。青鬣馬を育てるという伝説の部族か？」

青鬣馬とはその名の通り、青い鬣を持つ非常に珍しい馬のことだ。

青鬣をなびかせて走る颯爽とした美しさはもとより、俊敏で持続力も高い極上の良馬だと言われている。

青龍の名だたる武人が手に入れることを夢見るものの、歴代の龍氏でも生涯で見ることも叶わぬほどの幻の馬だという話だった。

たしか現在の龍氏も、欲しがっているという話を聞いたことがある。

「ロー族は青鬣馬を守るため、誰も知らない秘境に暮らす謎の部族でございますが、春だけは家畜たちの出産のために、ここから近い春営地に下りてくると言われています」

「近いと言っても山を越えるのだろう？」

南東部は伍尭國の国境に沿って高い山が聳え立っている。

「はい。途中まで追いかけた者の話ですと、道のない険しい山を登っていったという話でございます。途中、雪が積もり見失わないようについて行くだけで手いっぱいで、とにかく援軍を呼ぶべきだと一人が知らせに戻ったようでございます」

「なぜそんな山奥からわざわざあの馬鹿を攫いに来たのだ」

角髪頭で子供にしか見えない董胡を攫ったところでロー族に得があるとは思えない。

「それは……私にも分かりかねますが……」

月丞も分からないと首を傾げる。

尊武はため息をついて月丞に尋ねた。

「それで？」

「は……。あの……尊武様のご指示を頂こうかと……」

月丞は、切れ者の尊武ならすぐさま策を講じてくれるものと思っていたのだろう。

しかし。

「指示？　ならば命じよう。放っておけ」

「は？」

月丞は一瞬なにを言われたのか分からず呆けた顔になった。

「そんなところに攫われる方が悪い。運が悪かったと諦めるしかないだろう」

「え……。し、しかし……董胡殿は玄武のお后様の大切な専属医官では……」

月丞は驚いた顔で反論した。

「そうだ。后のただの専属医官だ。貴族でもなければ重臣でもない」

「で、ですが……」

月丞は青ざめた顔で食い下がる。

「わ、我ら蒼家親子は董胡殿に青龍のお后様を助けて頂いた恩義がございます。姫君からも陛下からも董胡殿をお守りするように仰せつかって参りました。董胡殿を見捨てて王宮に戻るわけには参りません」

「ではなにか？　この私に、たかが平民医官一人のために軍を率いて険しい山越えをし、助けに行けというのか？」

月丞は慌てて首を振る。

「い、いえ……。我らだけで参りますので、どうか黄軍を動かす許可を下さいませ」

「黄軍は私が陛下からお借りした特使団の護衛だ。国境を越えた山奥に送り込んで全滅させるわけにはいかぬ。そんな命令は出せぬな」

「し、しかし……」

月丞と空丞は絶望を浮かべた。

たまらず空丞が声を上げる。

「そ、尊武様も董胡殿には世話になっていたのではないのですか？　こちらの医生たちからも今回の特使団の任務にずいぶん貢献されたと聞いています。それなのに見捨てるのでございますか？」

「確かに、少なからず貢献したことは認めよう。王宮に戻ったら立派な働きであったと存分に称えよう。陛下もお褒めくださるだろう。それであいつも報われる」

「分かったら王宮への帰り支度を進めるがいい。早ければ黄軍は、明日には私と共に王宮に戻ることになるだろう。そのつもりで準備をしておけ。分かったな」

「は……い……」

念を押すように言われ、月丞と空丞は反論できぬままそう応えるしかなかった。

「そんな……」

◆

その日の夕餉膳を運んできたのは、拓生が斬られた時に知らせにきた医生だった。

緊張で震えながら膳を置いた医生は、そのまま尊武の前に平伏した。

「そ、尊武様！　董胡先生が攫われたと聞きました。どうか……どうか董胡先生を助けて下さい！　お願いします！」

どこからか、董胡の話が広まってしまったようだ。

尊武は芽花椰菜と鶏肉ののった膳に目をやってから、大きなため息をついた。

「も、もしかして……董胡先生が攫われたのは、僕達のせいかもしれないのです」

「そなたらの？」

尊武は怪しむように医生を見つめた。

「ぼ、僕達が朝の掃除をしていた時に編み笠の女性が診療所を訪ねて来たのです。その時、一番腕のいい医師は誰かと尋ねられて、董胡先生だと答えてしまったのです」

「……」

「過去にも腕のいい医師が東の遊牧民に攫われたことがあると聞きました。どうしても治したい病人がいる時、山を下りて攫っていくそうなのです。僕達はそんなこと知らなくて……。僕達のせいで董胡先生が……ううう……」

涙をこらえ告げる医生だったが、尊武は容赦なかった。

「どんな理由にせよ、易々と攫われる者が悪い。あいつが隙だらけでぼけっと夜中に出歩くからそんなことになるのだ。諦めろ」

「そ、そんな……」

「分かったら出ていけ！　うるさいっ！」

医生は尊武にあっさりと追いだされてしまった。

しかし、医生と入れ替わるように、今度は拓生の祖父でもある伯生が訪ねてきた。

そして白髪の頭を下げて尊武の前に平伏する。

「董胡殿が攫われたとお聞きしました。なんでも攫ったのはロー族だとか。実は私のところに毎年のように馬乳酒を届けにきてくれる旧知の者がいまして、話を聞くと青龍の食べ物と引き換えに遊牧民と取引きしているようなのでございます。彼ならばロー族との交渉ができるかもしれません」

さすがに長く生きてきた伯生は顔が広い。

闇雲に助けてくれと頼む医生と違って、必要な情報を携えてやってくる。

「その者に案内させますので、どうか董胡殿を助けて下さいませ」

尊武は膳に箸(はし)を置いて、両手で頭を抱えた。

料理もまずいが、こう次から次へと人が訪ねてきたのでは食事もできない。

「そなたはロー族の青鬣馬を見たことはあるのか？」

尊武はふいに伯生に尋ねた。

「青鬣馬でございますか？　そういえばずいぶん昔に、青い鬣の馬に乗る武将を見たことがございます。敵と最前線で戦う勇猛な武将で、戦利品として遊牧民から奪い取ってきたのだと自慢していたのを覚えています。その後、馬は先代の龍氏様に献上して、彼は重臣に取り立てられたと聞きました」

「ふーん」

玄武では幻の馬のように語られていたが、青龍では実際に見た者もいるらしい。

「青鬣馬は最上の馬でございますが、寿命が短く、龍氏様に献上されて一年ほどで死んでしまったという話でございました。それでも青鬣馬に憧(あこが)れる武将は多く、常に他部族から馬を狙われるロー族は、人目につく春営地には連れて来ないと聞きます」

伯生の話によると、誰も知らない秘境と言われる冬営地に妻子や青鬣馬は残して、男達だけが、出産する家畜などを芽吹きの早い暖かい春営地に毎年連れてくるらしい。

「太く短く生きる幻の青鬣馬（せいりょうば）か……」

ほんの少し尊武の興味が動いた。

だがほんの少しだ。

春営地にはいないという青鬣馬のために、山越えをして董胡を助けにいく気にはならない。いかに精鋭揃いの黄軍といえども、慣れない雪山では圧倒的に不利だ。

伯生の知り合いが交渉したとしても、うまくいくとは限らない。

下手をすれば大掛かりな戦闘になってしまう。

やはり、どう考えても董胡を見捨ててこのまま王宮に帰るのが最善の策だ。

そう心の中で結論づけて伯生も追い返したが、今度は医師団の一人が尊武の部屋を訪ねてきた。

「尊武様、少しよろしいでしょうか？」

「今度はなんだ！」

またしても何用だといらいらが募る。

まさか医師団までも董胡の救助を願い出るのではないだろうなと眉間（みけん）を寄せる。

「実は拓生の傷口がすっかり閉じたようなのでございますが、縫い合わせた糸まで一緒に皮膚に埋もれてしまいそうなので、どうしたものかと……」

尊武は医師の言葉に不審を浮かべた。

「傷口が閉じただと？　早過ぎるだろう。まだ処置してから四日だぞ」

以前見た西方の医師は、切開術のあと十日ほど経ってから糸を抜いていたはずだ。

「尊武様がお連れの使部が傷口に塗っていた軟膏がよく効いたようでございます」

「よく効くといっても、さすがに治りが早過ぎるだろう」

「さ、されど糸が攣れて傷口が痛むようなのでございますが……」

「………」

尊武はしばし考えたあと、「くそ！」と言って立ち上がった。

あとの抜糸は董胡にやらせてやろうかと思っていた。

患者の傷口を診るのが苦手らしい董胡に、泣き叫ぶほど痛い抜糸という最高の試練を与えてやれると楽しみにしていたのに。

半信半疑のまま診療所にいくと、数人の医師と拓生の友人らしい医生も集まっていた。

みんなで縫い合わされた傷口を覗き込んでいる。

「あ、尊武様！」

一人が尊武を見つけると、慌てて全員が道を開いた。

尊武はすぐさま拓生の傷口を確認して目を見開く。

「これは……。急いで抜糸しないと皮膚に埋没してしまうぞ」

医師が告げたように本当にすっかり傷が閉じている。

糸を巻き込んだまま傷口が閉じてしまうと、そこから感染症になる可能性がある。

「お前達も糸を抜くぐらいできるだろう？　この状態を見て分からなかったのか！」

「で、ですが、糸を抜こうとすると拓生がひどく痛がるので……」

医師の一人が戸惑うように答えた。

「それで先延ばしにすればするほど糸はどんどん皮膚に癒着して抜けなくなるだろうが」

呆れたように言って、尊武はそばにあった鋏で糸を切ると勢いよくその糸を抜いた。

「ぎゃああ！」という拓生の叫び声に、全員が青ざめる。

「ほら、お前もやれ！」

尊武に鋏を向けられた医師はぶるぶると首を振る。

他の医師に鋏を渡そうとしても、みんな怯えたように首を振って拒絶する。

尊武は「ち！」と舌打ちをして、仕方なく自分で処置をした。

尊武が糸を抜くたびに拓生が「ぎゃああ！」と叫び、医師と医生達が耳を塞ぐ。

嫌がる医師や医生に無理やりやらせてもいいのだが、それも面倒だ。

ここに董胡がいたら、「医師のくせにそんなこともできないのか」と自尊心をくすぐって、卒倒しそうになっても無理やり鋏を持たせて抜糸させてやるのに。

生真面目な董胡は震えながらも鋏を持ち、結局できなくて敗北感に苦しむだろう。

その場面を想像しただけで愉快だ。

だが、ここにいる面々をいたぶっても少しも面白くない。

そんな面倒なことをするぐらいなら、自分でやった方が早い。

糸を抜くたび「ぎゃああ！」と叫ぶ拓生を横目に、尊武は「つまらぬな」と呟いた。

その場の全員が、尊武をぎょっと見つめる。

今まで当たり前だった日常が、急につまらなくなった。

信じられない呟きを漏らしながら顔色ひとつ変えずに抜糸する尊武に、全員が恐れおののいてようやく処置が終わる。拓生は痛みで失神寸前になっていた。むしろ縫合した時のように失神していれば楽だったかもしれない。

「それにしても、お前は特異体質なのか？　それとも青龍人は傷の治りが早いのか？」

尊武は傷口を消毒しながら尋ねた。

「いえ……。僕が特異体質なのではなく……董胡の秘伝の軟膏が……よく効いたのだと思います」

拓生はまだ残る痛みで言葉が切れ切れになりながら答えた。

「秘伝の軟膏か。そういえば、そんなことを言っていたか……。どの薬だ？」

尊武は少し興味を持った。

「董胡が……薬籠に入れて持ち歩いていましたが……もう残り少ないと言っていました。材料が揃えば作れるのだけどと……」

「材料？」

「たしか……紫根がないと……。紫根が手に入らないかと尋ねていました」

「紫根か……」

解熱や解毒の煎じ薬として用いる生薬だった。

塗り薬に使うこともあるが、あまり一般的ではない。

その秘伝の軟膏が気になるが、董胡がいなくなった今ではどうしようもない。

「まあ、とにかく抜糸も終わったことだし、あとは消毒だけしていれば治るだろう。私は明日には王宮に戻るから、今後はここに残る医師達に処置してもらうことだな」

尊武は治療を終えたと立ち去ろうとした。

その尊武の袖を拓生が摑む。

「そ、尊武様！　明日本当に帰ってしまわれるのですか？」

「消毒ぐらい誰でもできるだろう」

「そ、そうではなく……董胡が……董胡が攫われたと聞きました」

「ああ……またその話か……」

尊武は聞き飽きてうんざりという顔で答えた。

「董胡を助けて下さい！　どうか、お願いします！」

もう何人に頼まれたか分からない。

あの未熟な使部の何が……僅か数日でこれほど多くの人々の心を摑んだのかと不思議な面持ちになる。だがそれでも……。

国境を越えて雪山に捜索に出る気にはならない。

「あいつのことは諦めろ」

尊武はあっさり告げて、絶望する拓生を置き去りに部屋に戻ったのだった。

◆

翌朝の尊武の機嫌は最悪だった。

どんどんいらいらが積もっていく。

朝餉の膳が運ばれてきた時には頂点に達していた。

相変わらずの芽花椰菜と鶏肉だ。

よくも毎日同じものばかり食べて飽きないものだと感心する。

「くそ……あの馬鹿め。薬籠を背負ったまま攫われたのか。あいつの薬籠があれば料理の調味料もあったし、秘伝の軟膏とかいうやつも残っていただろうに」

とにかくこの味気ない料理にいらいらする。

下品な骨付き肉にもうんざりだ。

とっとと王宮に戻ろうと思うのだが、どうにも後ろ髪を引かれる。

董胡を置き去りにして王宮に戻ることへの損と得が拮抗し始めていた。

頭の中で損得の算段を巡らせる。

ロー族の春営地に青鬣馬がもしいるなら手に入れたいが、たぶんいないだろう。それは諦めるしかない。得にはならない。

董胡の作る秘伝の軟膏の成分を知りたいが、本当にまだ生きているだろうか。

国境越えまでして助けに行って、董胡が死んでいたら無駄足にしかならない。損だ。

だが、腕のいい医師が欲しくて攫って行ったのなら簡単には殺さないだろう。

それよりもこのまま董胡を見捨てて王宮に戻れば、ずいぶん恨みを買いそうだ。

拓生や伯生に恨まれてもどうでもいい。

后宮(きさきぐう)の侍女達や青龍の后もどうでもいい。

問題なのは帝(みかど)だ。

麒麟の密偵までが動いているということは、后の薬膳(やくぜん)師に思い入れがあるのだろう。

「しかも本当は玄武の一の后だったな……」

忘れがちだが、董胡は皇帝の后でもあるのだ。

后が消えたとなっては、後始末が面倒だ。

尊武といえども、いろいろ動き回って周りを納得させる細工をしなければならない。

それがどうにも厄介だった。しかも……。

「失礼致します、尊武様!」

朝餉膳を前にした尊武の許(もと)に、またしても訪問者がやってきた。

二人の大柄な男が、部屋の前の廊下に冬装束を整えて拝座している。

「朝餉の途中に何事だ。まだ王宮への出立には早いだろう、月丞」

黄軍の月丞・空丞親子が並んでいた。

「いえ、我ら親子は王宮には戻りませぬ」

「なんだと?」

尊武は不機嫌に聞き返す。

「私の護衛の黄軍が任務を放棄するつもりか」

「いえ。黄軍は尊武様にお任せ致します」

「?　どういうことだ?」

「我ら親子は、本日をもって黄軍を辞することに致しました」

「なに?」

尊武は目を細め二人を睨みつける。

「我らは黄軍を辞して董胡殿の捜索に向かうことに致しました。後のことは副将に任せ、尊武様を王宮までしっかり護衛するように指示していますのでご安心下さいませ」

道理でやけに防寒に徹した装いだと思った。

「たかが平民医官のために黄軍の職を辞するというのか?」

「蒼家は義理に厚い一族であることを誇りとしております。恩義ある董胡殿を見捨てて王宮に戻ったとあっては、末代までの恥となるでしょう。また、董胡殿のことを頼むとおっしゃった陛下やお后様にも顔向けできません。どうかお許し下さいませ」

月丞と空丞は覚悟を決めたように言って頭を下げた。

尊武のいら立ちはついに限界点に達していた。

「ではなにか。私に、そなたらの抜けた黄軍を陛下にお返ししろと言うのか?」

黄軍の顔とも言われる蒼家親子をなしに返せるわけがない。それこそ、せっかくの特使団の功績すらも霞んで笑いものになるだろう。

「申し訳ございません」

しかし二人の決心は固まっているようだ。

「許さぬと言ったらどうする？」

尊武は腰の剣に手をかけ殺気を漂わせる。

しかしそれより早く二人の武将は、拝座のままいつでも迎え撃てるように僅かに指先を動かした。それだけでこの男達のどこにも隙がないことが分かる。

「…………」

しばし無言で睨み合ったあと、尊武は勝ち目がないことを悟った。

そもそも勝って斬り捨てたところで、それは本当の勝ちなどではない。むしろ負けだ。

尊武は腰の剣から手を離し、代わりに膳にのった箸を掴み畳に思いきり投げ捨てた。

恐縮しながら拝座する親子の前まで、畳を跳ねた箸が転がっていく。

「くそっ!!」

もはや董胡を見捨てて王宮に帰ることは『損』でしかない。

「こんなまずい飯ばかり食わせおって！」

怒りに震えながら尊武は叫んだ。

「え？」

月丞と空丞は、怒りの原因はそこなのかと顔を見合わせる。

自分達が尊武に従わないことよりも、飯がまずいことが一番頭にきているらしい。

「あの間抜けめ！　余計な手間ばかりかけさせおって！　とっ捕まえたらただじゃ済まさないぞ！　覚悟しておくがいい」

どうも目の前の自分達に怒っているわけでもないらしい。

「では……董胡殿を助けにいくことを許して下さるのですか？」

空丞は恐る恐る尋ねた。

「それ以外にないだろう！　あいつを見つけ出して存分にいたぶってやる！」

あまり穏やかではない発言に月丞は慌ててとりなす。

「尊武様のお手を煩わせるようなことは致しません。こちらでお待ちいただければ、我ら親子と麒麟の密偵で董胡殿を必ずお助け致します。お任せ下さい」

「ふん。もはやそれで済ませるつもりはない」

「え？」

月丞と空丞は再び顔を見合わせる。

「私を怒らせたからには、相応の弁済をしてもらわねばならぬ」

「……と言いますと？」

二人はどういう意味か分からず首を傾げた。

「一番面倒なやつを攫ってくれたロー族とやらは全滅させてやる。これよりここにいる黄軍と青軍の全軍を連れて出立だ！」

「ええっ⁉」

急に大き過ぎる話になって、月丞と空丞は青ざめた。

「行くからには、完膚なきまでに叩き潰す！　ロー族にはあいつを攫ったことを、とことん後悔させてやる。首を洗って待っているがいい」

「ま、まさか尊武様も行かれるおつもりですか？」

月丞は恐る恐る尋ねた。

「黄軍と青軍を動かすのに、私がここで指をくわえて待っているわけにはいかぬだろう」

「で、ですが……」

「ふん！　真っ先にあの馬鹿を見つけ出して尻を蹴っ飛ばしてやる！」

「いえ、董胡殿は攫われた被害者ですから……」

必死になだめようとする空丞だったが、尊武は聞いてなどいない。

「尻を洗って待っていろよ。董胡」

ぎらぎらとした目で呟く尊武を見上げ、月丞と空丞は、このままロー族に囚われたままの方が董胡は安全なのではないかと一抹の不安を覚えたのだった。

三、ロー族の春営地

菫胡はぞくりと背中に寒気が走ったような気がして目を覚ました。

「ここは……」

恐ろしい殺気を感じたように思ったのだが、掛け布が落ちて背中が冷えていた。

辺りを見回してみると、長椅子のようなところに寝かされていた。

小さな野営天幕のようだが、家財道具に囲まれ、ずいぶん生活感があって暖かい。

天幕の真ん中に囲炉裏のようなものがあって、そこから熱が発しているらしい。

少し離れたところには、菫胡が背負っていた薬籠(やくろう)も置かれていた。

「ここはどこだろう……」

途中で分厚い毛皮のようなものを着せられ目隠しをされたけれど、急勾配(きゅうこうばい)の山を登っているのは分かった。

少し下ったと思うとまた登り、そのたびに空気が冷たくなった。

そのうち背負われて運ばれているだけなのに、息切れがして頭が痛くなった。

息苦しさのあまり途中で意識を失ってしまったようだ。

「いたたた……」

起き上がろうとすると、再び頭痛が襲ってくる。

吐き気もして、ひどく気分が悪い。体がやけに重く感じる。

「だめだ……。動けない……。途中でなにか毒でも飲まされたのだろうか」

寝ている間に動けなくなる毒薬でも口に含まされたのかもしれない。

ひやりと命の危険を感じる。

だが手足を縛ったり、危害を加えられたりした様子はない。

「だいたい、こんなところに私を攫ってどうしようっていうんだ……」

まさか董胡が皇帝の后(きさき)と知って……とも考えたがそんな訳はないだろう。

逃げる方法を考えなければと思うのだが、体調が悪くて頭が働かない。

「おや。目が覚めたようだね」

ふいに天幕の外から顔を覗(のぞ)かせた女性に声をかけられた。

「あなたは……」

董胡は寝転がったまま、力なく顔を上げた。

体に掛けられた毛織の布と同じような独特の定型文様の不思議な衣服を着ている。

農夫の冬装束のように動きやすそうで、膝下(ひざした)まである藁靴(わらぐつ)を履いていた。

「私を攫った編み笠(あみがさ)の女性……？」

上半身には茶色い毛皮を羽織っていて、服装は違っているが声が同じだ。

もっと大人の女性のように感じていたが、十代前半ぐらいの少女だ。

毛皮で着ぶくれしているが、小柄であどけなさが残る顔立ちをしている。

しかし十代前半にしてはしっかりしていて、口調は大人のようだった。

「ふふ。青龍人に成りすますために変装してたんだ。似合っていただろう？」

悪びれる様子もなく得意そうに告げる。

「成りすますっていうことは……青龍人じゃないのですか？」

そんな気はしていたが、やはりここは青龍の地ではないらしい。

「ここは国境を越えた高原の民の国だよ。青龍よりずいぶん寒いだろう」

「寒いよりも頭が痛くて体が重い。私になにか毒を飲ませたのですか？」

「はは。まさか……」

少女は言ってから、窺うように董胡のそばにきて顔を覗き込んだ。

綺麗な褐色の瞳をしている。髪は遠目には黒に見えたが光が当たると少し赤みを帯びていて、長い三つ編みにして首に一巻きしていた。

「気分が悪いのかい？」

「ええ。吐き気がする。息苦しさもある」

「それはきっと山酔いだね」

「山酔い？」

董胡は聞き慣れない言葉に首を傾げた。

「山に慣れていない者が急激に山を登るとなるみたいだね。大丈夫さ。じきに体が慣れてくる。この程度の標高で山酔いとは、青龍人は軟弱だね」

「私は青龍人ではありません」

董胡はむっとして答えた。

「ああ。そういえば玄武のお医者様だったね。あたしはサーヤ。あんた、名前は？」

そういえば攫われる時にも、この少女は董胡を玄武の医師と知っているようだった。

「董胡と言います。あなたは私が玄武の医師だとなぜ知っているのですか？」

「もちろん聞いたからだよ。あんたが診療所で一番の名医なんだろ？」

「診療所で一番の名医？」

「違うのかい？」

サーヤは逆に聞き返した。

「私は医師免状を取ったばかりのまだまだ未熟な医師です。診療所にはもっとすごい技を持つ名医がたくさんいました」

例えば切開術さえできる尊武のような……。

こんな時なのに、尊武の医術の足元にも及ばないという敗北感が湧き上がる。

「あー、やっぱりそうなのかーっ！　あたしもおかしいと思ったんだよ。あんたみたいな子供が一番の名医だなんてさ。でも軽くて隙だらけで攫い易そうだから丁度いいだろうってことになったんだけど……。くそう、あの医生め。あたしを騙したんだね。人の好さそうな顔をして、よくも大嘘をついてくれたもんだ」

「それはもしかして……」

そんな話を確か拓生から聞いていた。

薬膳講義を聞いてから、やけに董胡を信奉する医生がいると……。

そういえば董胡を一番の名医だと答えたとか、そんなことを言っていたっけ。

まさか、その医生の適当な言葉がこんな事態をまねくことになるとは……。

その医生も思いもしなかったことだろう。今更恨んでも仕方がない。

「まったく。青龍人なんて信じるんじゃなかった。儚げな美女を装えば、親切に教えてくれるだろうと思ったのに。なんてやつだ！」

サーヤは頭を抱えて嘆いている。

「その医生は嘘をつくつもりはなかったのだと思います。彼には私の薬膳の知識が優れているように思えたのでしょう。でも……医術は薬膳だけではありませんから……」

拓生の瀕死の傷に何もできなかったことが、董胡の医師としての自信を失わせていた。

「じゃあ少しは医術もできるのかい？　いや、できないと大変なことになるんだ」

「大変なことになるって？」

「わざわざ国境を越えてまで攫ってきたんだ。それなのに間違いでしたなんてロジン様に言えるわけがない。困るよ。無理を通して計画を立てたあたしの立場がなくなる」

サーヤは青ざめた顔で告げる。

どうやら董胡を攫う計画は彼女が中心になって立てたものらしい。

「あんたはとにかく診療所一番の名医ってことにしてくれないと困るんだ」

「そ、そんなこと言っても……。そのロジン様って？」

「我がロー族のお頭（かしら）だよ。目が覚めたら連れて来いって言われているんだ」

「ロー族……」

董胡は聞いたこともないが、青龍の東に広がる高原の一部族なのだろう。

「とにかくお頭に聞かれたら名医だと答えてよ。どんな病も治せるって」

「無茶な。そんな嘘はつけません」

「あんたのために言ってるんだよ。名医じゃないと分かったら殺されるかもしれない」

「ええっ!!」

なんだかとんでもないことになってしまった。

「お頭のところに連れて行くからさ。ちゃんと答えるんだよ。分かったね」

否応（いやおう）なく命じられて、董胡はロジンというお頭のいる天幕に連れて行かれることになった。

「ウリ、ウレ、ちょっと来て！」

まだ足元もおぼつかない董胡を支えるため、外で待っていた二人の男が呼ばれた。

どうやら董胡をここまで運んだ木彫りの面をしていた男達のようだ。

ウリとウレと呼ばれた二人は、よく似ていて兄弟だそうだ。途中の山道で聞こえた会話からして、サーヤの幼馴染のようで歳は近いように思っていたが、もじゃもじゃした髭を生やしているせいか、ずいぶん年上に見える。

「大丈夫か、先生。俺達の背負い方が悪かったのか？」

「ごめんよ。気を付けて運んだつもりなんだけど……」

攫われて言うことではないが、それほど悪い人ではなさそうだ。

董胡の代わりにサーヤが答える。

「山酔いだよ。心配ないよ。ロジン様のところまで連れて行くのを手伝って」

こうして外に出てみて目を見張った。

「すごい……」

外に出るなり冷たい空気に触れて頬がぴりりと張り詰める。

だが寒さよりも、この壮大な景色がすごい。

空まで届きそうな山々に囲まれていて、天幕を張っている辺りだけが開けた谷のようになっている。まだあちこちに雪が残っているが、日当たりのいい場所はすでに緑の草が芽吹いていた。そこで羊や馬がのんびりと草を食んでいる。

そして、そんな家畜を守るように丸い大きな天幕がぐるりと並んでいた。

伍尭國では見たことのない風景が広がっている。

風は冷たいが穏やかに凪いで、青く澄んだ空がすぐ近くに感じられて心地いい。

天幕は大小様々で真っ白なものから藁でくるんだようなものまであったが、その中でもひと際大きくて、大きな扉がついた一つにサーヤは董胡を連れて行った。

不思議な文様で彩られた扉の前には、三段の階段までついていて天幕というよりは立派な家のようだ。

「ロジン様。青龍の医師を連れて参りました」

青龍人ではないと言ったのだが、彼らにとっては伍尭國の人はみんな青龍人なのだろう。どうでもいいことのようだ。

「うむ。サーヤか。入れ」

低い声が響き、董胡は天幕の中に招き入れられた。

董胡はおずおずと中に入り、目を見開いた。

そこは天幕というよりは、荘厳な謁見の間とでも言ったほうがいいような部屋だった。

中央に大きな囲炉裏のようなものがあり、その両脇に天井を支えているらしい重厚な飾り柱が二本立っている。

柱の上部には丸い天窓があり、明るい陽射しが天幕の中を照らしていた。

その天窓から放射状に屋根を描くように木枠がめぐらされ、部屋のぐるりには斜め格子の木枠が見事な均衡で天幕全体を支えているようだ。

そして囲炉裏の向こうに美しい細工の長椅子が置かれ、そこにお頭らしき大柄な男性が座っていた。長椅子は丸い天幕に沿うようにいくつか置かれていて、お頭の両隣にも二人の男性が座っている。

何か会議でもしていたのか、三人は会話をやめて董胡に視線を向けていた。

その三人の男性を見て、董胡はとんでもない辺境に来てしまったのだと改めて感じた。

熊のような大男ばかりだ。

黄軍の月丞、空丞親子も大きいと思ったが、彼らよりもさらに一回り大きく見える。

しかも三人とも髪と髭を長く伸ばしていて、眉も濃く、毛という毛に覆われている。

熊のようと感じたのは、その毛深さと共に熊の毛皮らしきものを着込んでいるせいもあるのだろう。とにかく伍尭國では見かけない、野性味あふれる外見だった。

「董胡、ここに座って」

サーヤはまだ足元がふらつく董胡に椅子を持ってきて座らせた。

ウリとウレは、董胡を座らせると頭を下げて逃げるように天幕の外に出ていった。

お頭が怖いらしい。

そんなお頭と囲炉裏を挟んで向き合う形だ。

お頭というのは、伍尭國で言うなら皇帝のような立場なのだろうが、同じ目線の椅子に座るということに驚いた。伍尭國では厳格な身分の差があって、小さな村の村長であっても同列に並ぶことを嫌うというのに。

ここにはそういう格差はないらしい。

サーヤなどは董胡の椅子の横に立って、お頭を見下ろす目線になっている。

「…………」

お頭は、椅子にこぢんまりと座る董胡を無言のまま見つめていた。顔が怖い。

怖がらせるつもりはないのかもしれないが、恐ろしい獣に睨まれている心地がする。

両隣の男達も同じように獣の視線で董胡を睨みつけている。

やがてお頭は猛獣の唸り声のような低い声で尋ねた。

「これがお前の言っていた青龍の名医なのか？　サーヤ」

こんな子供みたいなやつが？　という心の声が聞こえたような気がした。

いつものことだ。両隣の二人も口を開く。

「何歳だ？　ずいぶん若いな」

「髭も生えてないのか？　女のような顔をしているな」

ぎくりとした。だが慌てて董胡の代わりにサーヤが反論する。

「青龍の若者は髭を生やさない者が多いようです。冬の寒さより夏の暑さで蒸れる方が嫌なのでしょう」

どうやら髭を生やすのは、防寒のためでもあるらしい。

「彼は子供のような外見をしていますが、青龍では名の知れた名医でございます。彼の手にかかれば、どんな病も立ちどころに治ると評判なのです」

「え？」

董胡は青ざめて、すらすらと嘘を並べ立てるサーヤに視線をやった。

サーヤは目線だけで「黙ってろ」と伝えて続ける。

「彼こそはローの神が導いた奇跡の医師でございます。彼ならばきっとロサリ様の病も治してくれることでしょう。ご安心下さいませ」

「ち、ちょっと……」

慌てて訂正しようとする董胡の足を、サーヤはお頭たちに見えないように踏みつける。

「……っい！」

思わず屈んだ董胡に顔を寄せ「殺されてもいいのか？」と脅しをかけてきた。

「どうした？」

怪訝な顔でこちらを見るロジンに、サーヤは慌てて笑顔を返した。

「なんでもございません。彼は山に不慣れなようで、山酔いをしたようなのです。まだ本調子ではございませんが、体調が戻ればきっと医術の本領を発揮してくれます」

「本当にロサリの病を治せるのか？」

ロジンは怪しむように尋ねた。

「もちろんです」と答えるサーヤの声に重なるように背後から低い声が響いた。

「虚言でございますな」

はっと振り返ると、そこには青い布を体に巻き付けたような衣装の男が立っていた。

頭にも青い布を被り、金の輪で留めている。年齢は四十ぐらいだろうか。髭はない。

そして長い杖のようなものを手にしている。

ロジン達と明らかに違う衣装と容姿だった。

「エジド様」

驚いたことに彼が入ってくると、ロジンを含む男三人が立ち上がって床に膝をつき両手を前に組んで頭を下げた。

お頭などと言うからロジンが一番偉いのかと思ったが、この青装束の男の方が敬われているらしい。サーヤも慌てて膝をついて頭を下げている。

「お座り下さい、皆様」

エジドと呼ばれた男が声をかけると、男達は再び長椅子に座りサーヤは立ち上がった。儀礼的なものなのか、さほど厳格な格差ではないようだ。

「虚言というのはどういうことでしょうか、エジド様」

ロジンはすぐさま尋ねた。

エジドはロジンのそばまで進むと、立ったまま董胡の方に視線を向けた。

「ローの神はこのような者を導いてはおりません。この者にロサリ様の病を治すことなどできません。サーヤは災いの種を拾ってきたようでございますな」

サーヤは青ざめた顔でエジドを見つめ、ロジンはさらに尋ねた。

「災いの種とは？　この青龍の医師が我らに災いをもたらすと言うのですか？」

「さよう。この者には暗い闇が見える。ローの神は神聖なハウルジャを悪しき者に穢されたことをお怒りでございます。早々に始末すべきかと存じます」

（始末？）

菫胡は驚いてエジドを見た。その響きには、青龍に無事に帰してくれる含みはない。

「お、お待ちください！　どうか少しだけお待ち下さい！」

慌ててサーヤが声を上げた。

「私とてローの神がロサリ様の病を治して下さるならこんなことはしなかった。どれほど祈りを捧げても治らなかったから、青龍にある医術というものに縋ってみたのです。せめて数日、その医術の効果を確かめてみてからでもよいでしょう？」

祈るように尋ねるサーヤにロジンは肯いた。

「うむ。ローの神はなぜロサリの病を治して下さらぬのだ。祈れども祈れども、悪くなる一方ではないか。エジド様」

エジドは少し眉を顰めたものの、落ち着いた様子で答えた。

「間もなく治る兆しが見えております。今は体にたまった最後の毒素を出している時期なのでございます」

「その言葉を聞いて何年になる。もう聞き飽きましたぞ。エジド様」

どうやらロサリという人は何年も病に苦しんでいるらしい。

そしてこのエジドという人は、伍尭國でいうところの神官のような存在らしい。

医師のいないこの地では祈りで病が治ると信じられているようだ。

伍尭國でも麒麟の神官の中には、癒しの力がある者がいる。

彼にもそんな力が多少なりともあるのかもしれない。

だがロサリの病は治せなかった。

まだ痛みが続く頭で、自分がなぜここに攫われてきたのかだいたい理解した。

ともかく逃げるにしても時間を稼がなければならない。この場で始末されては困る。

この山酔いの状態では逃げ出すこともままならないのだから。

サーヤの言うように嘘でもいいから納得させるしかない。

「申し上げます。ロジン様」

痛む頭を押さえながら突然声を上げた董胡に、ロジンをはじめ全員が視線を向けた。

「青龍では神によって癒される病と、癒されない病がございます。我ら医師は、神の御力をもってしても癒されぬ病を治すのが仕事でございます。さすればロサリ様というお方の病は我が医術をもってこそ治る病なのかもしれません。どうか私に診立てさせて下さい。お力になれるやもしれません」

なるべくエジドの力を否定しないように話を作った。

治せる自信はまったくないが、治療をさせてもらえば時間は稼げる。

「うむ。もしもそれでロサリが元気になるなら……しばらく様子をみてみるか」

「いけません。このような者の虚言を信じてはなりませんぞ、ロジン様」

せっかく懐柔されそうになったロジンをエジドが止める。

このエジドはどうしても董胡を早急に始末したいらしい。

そんなエジドにサーヤはとんでもないことを言い放った。

「一か八か、彼に治療をさせて下さい！　それで治らなければローの神の望むままに彼を始末すればよろしいのではないでしょうか」

「ええっ！　ちょっと……」

味方なのかと思ったらとんでもないことを言ってくれる。

「ふん。いいでしょう。では、病が治らなければこれ以上口出しは無用にお願いします」

絶対治るはずがないと思っているのか、エジドはようやく納得した。

だが董胡は納得できない。

「医術は治療をしてすぐに効果が出るものではありません。長患いの病であれば、相応の時間がかかります。最低でも五日の猶予を下さい。五日経っても改善の兆しが見えなければ、その判断に従います」

五日とは、董胡の山酔いが治って逃げ出す算段をつける最低限の日数だ。

「そして病を治すことができたなら、私を無事に青龍に戻すことを約束して下さい」

こちらにだって条件をつける権利はあるはずだ。

ロジンはしばし考え込んでから、肯いた。

「うむ……。いいだろう。ロサリの病を治せたなら、約束しよう」

余程、そのロサリという人の病を治したいのだろう。

董胡はほっと安堵(あんど)の息を吐いた。

だがエジドはそんな董胡を憎々しげに睨(にら)みつけていた。

四、ロサリの奇病

　ロジンの天幕を出たあと、董胡は元の天幕に戻ってきた。サーヤの家だったらしい。戻ってみると、小ぶりな天幕には小さな子供が一人いた。五歳ぐらいの男の子だ。隅っこに隠れながら董胡の方をじろじろと見ている。

「狭いところだけど、あんたのことはあたしが面倒見るからさ。この長椅子があんたの寝床だよ。まだ山酔いがひどいようなら横になっているといい」

　言われるままに、入ってすぐの長椅子に寝転がった。背の低い董胡でも足が少しはみ出るが、自分の寝床があるだけでもありがたい。

　そうして横になったまま部屋を改めて見渡した。

　真ん中に囲炉裏があって二本の柱で支える造りはロジンのいた天幕と同じだが、大鍋(おおなべ)や食器が置かれていたり、衣類が積み重ねられていたり、生活臭が漂っている。

　青龍の武官が野営のために張る天幕と違って、ここは家族の暮らす家なのだ。

「天幕の中は暖かいね。真ん中の囲炉裏が天幕の中全体を暖めているんだね」

「天幕？　これはゲルっていうんだ。真ん中のはタプラと言って竈(かまど)になっている。家畜の糞を燃やして、ここで料理も作るんだよ。高原の民は移動のたびにゲルを解体して持ち運び、野営地を決めたらそこに組み立てる。もっとも私達ロー族は、夏と冬は石造りの家に住んでいる。このハウルジャに男達が来る時だけゲルを建てるんだ」

「ハウルジャ？」

そういえば、さっきのエジドもそんな言葉を口にしていた。

「ハウルジャっていうのは春営地のことだよ。家畜たちが出産する春だけは、芽吹きの早い地に出て豊かな牧草を与えてあげないと衰弱してうまく出産に辿り着けないんだ」

春の間だけここにゲルを建てて住んでいるらしい。

「高原の民は、みんな私達と同じ言葉で話すのですか？」

ロー族の人は、時々聞き慣れない単語があるものの、伍尭國と同じ言葉で話している。

「ああ……」

サーヤは気付いたように肯いた。

「先代のシャーマンが青龍人だったからね。彼から言語を教わった。それまでは、簡単な単語を繋げて会話をしていたんだ。他の高原の民は今でもそういう部族が多い」

「シャーマン？」

「神と繋がる方のことだ。ローの神の言葉を聞いて我らに伝えて下さる。宣託を下し、雨を降らせ、病を治して下さる部族の守り神のような方だ」

やはり伍尭國でいうところの神官のような存在らしい。

古くからある言葉はそのまま残っているものの、その先代のシャーマンという人物がロー族に言葉を教えたため、伍尭國の言葉を話せるようだ。

「じゃあ、あのエジドという人はそのシャーマンの血筋なの？」

董胡の問いかけにサーヤは少し考え込んだ。

「エジド様は……先代のシャーマンが亡くなってすぐに現れた新たなシャーマンだよ」

「現れた？」

「そうさ。我がロー族はずいぶん昔にシャーマンの家系が途絶えてしまった。高原ではシャーマンのいない部族は衰退して消滅すると言われている。けれど我らにはローの神様がついているんだ。アズラガを育てる選ばれた部族なんだもの」

「アズラガ？」

「群れを率いる特別な馬のことだけど、ロー族では青い鬣の馬のことを言うんだ。ローの神の化身だとも言われている。そのアズラガを育てる部族だから、ローの神のお導きで先代のシャーマンが青龍の地から遣わされたと言われている。今も語り継がれる素晴らしいお方だった。何度も奇跡を起こされ、ロー族を長年に亘ってお守り下さった。何世代ものお頭が仕えて、百歳はゆうに超えておられたと聞いた」

「百歳!!」

伍尭國では、それほど長生きした人の話は聞いたことがない。

それは伝説の類ではなく、本当の話なのだろうか。

けれど青龍からやってきたということは、麒麟の血筋の人だったのかもしれない。

麒麟の中には翠明のような不思議な力を持つ人が少なからずいる。

中途半端な血筋の菫胡でさえ、妙な能力の片鱗を持っているのだ。

寿命さえ延ばす、なにか凄い力を持つ人がいてもおかしくない。

「そのシャーマンが亡くなって、今度はエジド様が現れたってこと？」

そんなに都合よく現れるものなのだろうか。

けれど神の導きなのだと言われれば、そういうものなのかもしれない。

「先代のシャーマンもエジド様というお名前だったんだ。今のエジド様は、先代の魂を引き継いだのだと言って、自分もエジドだと名乗られた。先代のエジド様が亡くなって途方に暮れていたロー族の人々は……だから、大喜びで迎え入れた」

サーヤは少し不満そうに言う。

「サーヤは今のエジド様が気に入らないの？」

菫胡は尋ねた。

「魂を引き継いだと言っているけれど、先代のエジド様とはまったく似ていない。なんか……好きじゃない……」

まあ……菫胡だって始末しろと言われたのだから、好感は持っていない。

「先代のエジド様のような奇跡もないし……なにより……病ひとつ治せないんだ。先代のエジド様はどんな病もたちどころに治してくれたのに。ロサリ様の病だって、もうすぐ治ると言って何年も経つけれど、悪くなる一方だ。今のエジド様を頼っていたら、きっとロサリ様はこのまま死んでしまう」

「だから私を名医だと思って攫ってきたんだね」

董胡を攫うのはエジドの指図でもお頭の命令でもなく、サーヤの独断だったようだ。

「ごめんよ、董胡。あたしはどうしてもロサリ様の病を治したかったんだ。だから本当はハウルジャには女子供は来ないはずなのだけれど、治せるお医者様を探したいからと無理を言って連れて来てもらったんだ」

「そのロサリ様というのは？」

部族にとって重要な人だろうとは想像していたが。

「ロジン様の息子だよ。お頭の後継者だ。お頭とその後継者だけが、ローの神の神名であるロの文字を名前につけることを許されている。大事なお方なんだ」

部族の跡取り息子が病に侵されているらしい。責任重大だ。

自分の知っている病ならいいけれど……。

伍尭國にない病なら、五日でどうにかするなんて無理だろう。

サーヤには悪いが、やはり五日で脱出する算段をした方がよさそうだ。

「ねね様」

董胡達がいつまでも話し込んでいて待ちきれなかったのか、物陰に隠れていた男の子がサーヤの服を引っ張った。

「この人はだあれ？　旅の人を預かるの？」

サーヤによく似た褐色の大きな瞳をしている。サーヤの弟のようだ。

「この人は遠い国に住むお医者様なんだよ。ロサリ様の病を治して下さる。ご挨拶をなさい」

サーヤに言われて、男の子は横になったままの董胡の前に来た。

「僕、カザル。よろしくね」

「両親は死んだんだ。二人っきりの姉弟だから、一緒にハウルジャに連れて来た」

まだあどけないカザルは、サーヤと同じような毛織物の服を着て藁靴を履いている。

褐色がかった髪は、カザルはまだ一つ結びするぐらいの長さしかない。

「この人は女の人なの？」

カザルは見たことのない服装と髪形の董胡を指差して尋ねた。どきりとする。

「こら、カザル。この方は男の人だよ。遠い国では髭を生やさない男の人もいるんだよ」

慌ててサーヤが訂正してくれた。

「ごめんよ。大人の男の人は髭が生えていると思っているからさ」

「い、いや。気にしてないから」

実際はカザルの方が正しいけれど、もちろんここで女だとばらすわけにはいかない。

「大人なの？　ロサリ様と違わないような歳に見えるよ」

カザルは不思議そうに董胡を見つめた。

「ロサリ様は何歳なのですか?」

「数えで十四歳だよ」

十四歳と同じような歳に見えるとは、董胡の童顔はここでも健在のようだ。

「本当にお医者様なの?　ロサリ様の病を治せるの?」

カザルは董胡が医者だということを信じていないようだ。

「治せるかどうかは分からないけど、医師の免状は持っているよ」

「免状? なにそれ?　それを持っていればどんな病も治せるの?」

「いや、そういうわけでは……」

はっきりしない董胡の返答に、カザルは不安を浮かべた。

「ねね様。ロサリ様の病が治らなかったら、僕達どうなるの?　勝手なことをしたねね様とそれを手伝った二人は、ロジン様に厳しく罰せられるってエジド様が言ってたよ。ロサリ様のお世話役を辞めさせられちゃうよ。そんなことになったら僕達は……」

「落ち着いて、カザル。大丈夫よ。きっとローの神様がお守り下さるから」

「ローの神様なんていないよ!　僕達はとっくに見放されたんだ!」

「カザル!　黙りなさい!　そんなこと二度と言うんじゃないよ!」

「だったら医者でもなんでもいいから、早くロサリ様の病を治してよ!」

横になる董胡の頭上で姉弟喧嘩(げんか)の声が飛び交っていた。

唯一の味方でありそうなサーヤも、部族の中であまりいい立場ではないようだ。

だが、そんなことよりも……。

「ごめん。吐き気がひどいんだ。とりあえず少し休ませて欲しい」

すぐにでもロサリという人の診察をすべきだろうが、少し動いただけで吐きそうだ。まずはこの山酔いを治さないことにはどうにもできそうにない。

情けない弱音を吐く董胡を見て、カザルは一層不安の色を浮かべた。

◆

結局、董胡が立ち上がれるほどに回復したのは翌日のことだった。

羊の乳らしきものと、白い塊のような食べ物を勧められたが、山酔いの体にはほとんど受け付けなくて、茶色い団子のようなものを少し食べただけだ。まだふらふらする。

けれど悠長なことは言っていられない。

サーヤに薬籠(やくろう)を背負ってもらいながらロサリのいるゲルに向かった。

ロサリのゲルはロジンと同じような扉が付けられていて、入口に三段の階段があったが、大きさはサーヤ達のゲルと同じぐらいで、やはり真ん中にタプラ(竈(かまど))と柱が二本立っている。手前には手入れされた弓や槍(やり)などが飾られ男の子らしい室内だが、鍋(なべ)などの炊事道具がないせいか生活臭がない。

そしてタプラの向こうは厚地の毛織物が垂れ幕のように覆っていて、ロサリはその奥の寝台に寝ているらしい。一日中そこで過ごしているらしいのが分かった。

「ロサリ様。昨日お話しした青龍の医師を連れてきました」

しっかり者のサーヤが先に進み出て、垂れ幕の中に声をかけた。

「サーヤか……。昨日……そんな話をしたか……？」

少年にしては低くかすれた声だ。すでに声変わりをしているのかもしれない。

「ええ。お忘れになりましたか？」

「うん。最近頭がぼんやりして……すぐ忘れてしまうんだ。すまない……」

「いいえ。お気になさいませんよう」

サーヤは褐色の瞳を翳らせて答えた。

どうやら物忘れのある病らしい。

「お医者様をお通ししますね、ロサリ様」

サーヤは垂れ幕を上げて、董胡を中に招き入れた。

少し幅の広い長椅子には、青白い顔色の少年が横になっていた。

ロジンに似た大柄で毛むくじゃらな少年を想像していたが、全然違う。

(声変わりはしているのに、髭は生えてないのか)

髭のない、骨格の流線が美しい顔立ちをしていた。十四にしては小柄だ。

褐色がかった髪は薄く細く、ロジン達の髪の束よりずいぶん細い三つ編みが夜具の上に乗っている。眉も薄くまばらに残っている感じだ。

瞳は澄んだ褐色だが、うつろに半分だけ開いている。

ずいぶん気力と体力を失っているようなのに、なぜか痩せた感じはない。

厚着で着ぶくれしているせいだろうか。

「医師の董胡と言います。お手を失礼致します」

董胡はロサリの手を取って脈を測った。

(手が冷たい。これだけ着ているのに指先まで熱が届いていない。脈は遅くて徐脈だ)

「お体を診させて頂きます」

ロサリは拒否する気力もないのか、素直に従っている。

(少しむくんでいる？　肌が乾燥してカサカサしている。腸の働きが悪いのか、便秘がある。それから、これは……)

ロサリの首元を見て目を見開いた。

(わずかに腫脹がある。喉の中にできものがあるのか？　熱感はないけれど……)

一番明らかな病変は首の腫れだった。

「ここは痛みますか？」

董胡は首元を軽く押してみた。

「いえ……。痛くはないけれど……息苦しい……ごほっ……ぐふっ……」

「ち、ちょっと！　なにをするのよ！　ロサリ様が苦しんでいるわ！」

そばで様子を見ていたサーヤが声を上げた。

ロサリのことが心配でたまらないようだ。

「喉が少し腫れているようですね。食べ物が飲み込みにくくなかったですか？」

「どうかな……。最近は……あまり食欲がなくて……」

ロサリは思い出すのも億劫な様子で答えた。

「最近、風邪を患ってはいなかったですか？」

風邪が悪化して喉の炎症が長引いているのかも……とも思ったが。

「風邪……どうだったかな……。覚えてないな……」

「ロサリ様はこの冬は風邪にはなっていません」

ぼんやりとするロサリの代わりにサーヤが答えた。

（ではこの腫れは何だろう？　それにこの覇気のなさ。それから物忘れ）

こんな病は診たことがない。

伍尭國にはない病かもしれない。

「どうなのです？　何か分かりましたか？」

サーヤはせかすように董胡を問い詰めた。

「少し調べてみないとなんとも言えませんが、とりあえず気虚によい薬湯を煎じてみましょう。サーヤ、お湯を用意できる？」

「小鍋に水を汲んでくるわ。タプラに置けば温められるから」

サーヤは背負っていた薬籠を董胡に渡し、ゲルの外に出てすぐに戻ってきた。

董胡は薬籠から補中益気湯（ほちゅうえっきとう）に使う生薬を取り出し、簡易の薬研（やげん）ですり潰（つぶ）す。人参（にんじん）、当帰（とうき）、蒼朮（そうじゅつ）、柴胡（さいこ）、甘草（かんぞう）……。よく使う生薬は薬籠に入っているから助かった。すべての生薬は揃わないが、似た成分の生薬は省略したり代用したりして、気虚に効きそうな薬湯をタプラの熱で煎じた。

薬湯を煎じている間も、ロサリはうつらうつらと目を閉じて眠っているようだ。

元気な若者なら、見知らぬ服装の董胡に興味を抱いたり、何をしているのかと気になったりするものだろうが、ロサリはそんな気力もないらしい。

まるで死期の迫った老人のように静かに淡々と過ごしている。

これが日常のようだった。

サーヤはそんなロサリの様子を窺（うかが）っては、悲しげに目を伏せている。

ずっとロサリの世話をしてきたのなら年の近い兄のように思っているのかもしれない。

(治せるものなら治してあげたいけれど……)

今のところ何も分からない。

薬籠に黎司にもらった『麒麟寮医薬草典』を入れておいて良かった。

後で調べてみよう。翠明の祖父がなにか近い症例を記してくれていればいいけれど。

とにかく気虚に効く薬湯だけ飲ませて、この日の診察は終えることになった。

五、楊庵合流

「だいぶ山酔いが治ってきたようだね。このアールッを飲んだらすぐ元気になるよ」

その日の夕方、サーヤはそう言って温かくて白い飲み物を董胡に手渡した。

「アールッ？」

「アイラグを作る時にできた残滓を搾ったものから作る冬の飲み物さ」

「アイラグ？」

聞いたことのない言葉ばかりで全然分からない。

「アイラグは馬の乳を攪拌して作るんだ。青龍では馬乳酒と呼んでるらしいけどね」

「馬乳酒？　お酒の搾りかすなの？」

恐る恐る飲んでみると、少し酸味があるが甘くてとても飲みやすい。

「美味しい！　甘いね」

「ああ。そのままだと酸っぱくてくせが強いからね。水で薄めて甘みを加えて煮込んである」

温かいので体がほっこりと温まって生き返るようだ。

「カザルは？」

「昼寝をしてるよ。あの子もハウルジャに来るのは初めてだから、慣れない暮らしに疲れたみたいだね。ここに来てから毎日長い昼寝をするようになった」

　ゲルの向こう側の長椅子に、掛け布にくるまるようにして眠る姿が見えた。

「ここにはサーヤ達以外に女性や子供はいないの？」

「ああ。石造りの家がある秘境に残してくる。ロー族だけが知っている隠れ家だ。他部族からはローゾスランと呼ばれている。ロー神の化身であるアズラガ（青鬣馬（せいりょうば））を守らないとだめだからね。ハウルジャなんかにアズラガを連れてきたら、他部族に狙われて出産どころではなくなるだろ」

「狙われる？」

「そうだよ。どの部族も青い鬣（たてがみ）が美しいロー族のアズラガが欲しいんだ。あんた達の青龍だって、アズラガを狙ってしょっちゅう襲ってくるじゃないか」

「え？　青龍の人が？」

　そんな話は、もちろん菫胡が知るはずもない。

「高原の民の方が、食料を求めて青龍を襲撃するのではないの？」

　菫胡はそんな風に聞いていた。

「もちろんそういう荒くれた部族もいるだろうけど、ロー族に関してはそんなことはしない。我らはローゾスランで充分な家畜と、少しだけど大麦も育てて暮らしている。低地を襲撃する必要なんてない。襲ってくるのはいつだって青龍の方さ」

迷惑そうに言うサーヤに、なんだか董胡が悪いことをしているような気分になる。

「でも青龍の人がわざわざこの険しい山を越えて馬を奪いに来るの？」

こんな深い山あいにそこまでして襲ってくるのも割に合わない気がする。

「なんだっけ、龍氏様っていうのかい？　お偉い方にアズラガを献上すれば大出世できるだとか、そんなことを言っていたやつが去年いたらしいね。お頭に捕まって、その後どうなったか知らないけどさ」

どうやら青龍公に献上するために青鬣馬を手に入れたい者がいるようだ。

それは伍尭國の青軍というよりは、武人の個人的な思惑なのだろうけど。

「ねえ！　まさか青龍の軍隊があんたを捜しにここまで来たりしないよね？」

サーヤは、ふと気付いて不安そうに尋ねた。

「私を捜しに？」

そういえば山酔いで気分が悪くて考える余裕もなかったが、董胡がいなくなった後の雲埆寮はどうなっているのだろうか。

尊武は……翌朝、董胡がいないことに気付いて、どうしただろうか。

「…………」

尊武の行動を想像してみて、ずんと重くなった頭を抱え込んだ。

「ありえない……。あの尊武様が私を捜しにくるなんて……絶対ない」

むしろ……。

「脳天が破裂するぐらい怒っているはずだ。とんだ面倒を起こしてくれたと、馬鹿とか間抜けとか叫んでいるはずだ」

この数日の旅路で、尊武の人となりは充分過ぎるほど分かっていた。

だいたい、こんな山奥に連れ去られたなんて誰も思わないだろう。

もしも誰かが目撃していて、ロー族に連れ去られたと分かったとしても……。

角宿には精鋭の青軍も黄軍もいるけれど、わざわざ董胡のために動かすとは思えない。

しかも山酔いするほどの険しい山の上だ。

「あの面倒がりの尊武様が来るはずがない……」

ここで助けなんて待っていても無駄だ。分かっていたが、自分で脱出するしかない。

がっくりと落ち込む董胡と反対に、サーヤはほっと息を吐いた。

「そうだよね。低地の医師は、貴族だっけ？　そういう偉い身分じゃないって聞いたからさ。貴族を攫(さら)ったら軍隊が出て面倒なことになるのは知ってるけど、医師は貴族じゃないって聞いたからさ。良かった」

サーヤの情報は半分合っていて、半分間違っている。

それは武術の地である青龍人の話で、玄武では医師は貴族職でもある。

万が一、貴族の尊武を攫ったりしたら、とんでもない騒ぎになっていただろう。

青軍を率いた本格的な戦争になっていたかもしれない。

まあ董胡と違って、あの尊武が攫われるような失態は犯さないだろうけど。

（でも私だって本当は皇帝の后なのだけど……）

もちろん皇帝の一の后である鼓濤が攫われたとなれば大規模な捜索が行われるだろう。

けれど、尊武がそれを明かすだろうか。

いや、明かすわけがない。そんなことをすれば、知っていて連れて来た尊武が責任を問われることになる。

きっとただの使部がいなくなったと董胡を見捨てて王宮に帰り、后の鼓濤は急な病かなにかで死んでしまったと素知らぬ顔で誤魔化すのだろう。

「絶望的じゃないか……。あー、最悪だ」

王宮に董胡が戻らなかったら、黎司はどう思うだろうか。

絶対戻ると約束したのに。

そういえば黎司の付けてくれた麒麟の密偵は董胡がいないことに気付いてくれるのではないだろうか。楊庵ならきっと気付くはずだ。

「いや、でも尊武様がもう牛車に乗せたと言って誤魔化したら……」

尊武が黄軍の月丞・空丞親子もうまく誤魔化してしまいそうだ。

「あー、やっぱり無理だあ……」

尊武が董胡の救出を、ご丁寧にことごとく阻んでくれそうな予感がする。

「助けが来ると思っているのかい？　軍隊でもない限り、それは諦めた方がいいよ」

逡巡（しゅんじゅん）する董胡に、サーヤはあっさりと告げた。

「このハウルジャの周りには侵入者を捕らえる罠（わな）をいくつも仕掛けている。助けに来ても捕まるだけさ」

「罠を……」

やっぱり自力で脱出するしかない。

でも山酔いするほどの険しい山道を、一人で戻れる気がしない。

「安心しな。ロサリ様の病を治してくれたら、あたしが責任持って連れ帰ってやるよ」

サーヤはなんでもないことのように言う。

「でも……もしも治せなかったら？」

董胡は縋（すが）るようにサーヤに尋ねた。

「うーん、そうだね。その時は……ごめんよ」

サーヤはてへっと笑って答えた。

「ええ――っ！　そんな……」

これは何としても五日で病を治さなければ助かる道はなさそうだ。

途方に暮れる董胡のところに、さらに最悪な知らせが届いたのは翌朝のことだった。

◆

朝早く、ロジンのゲルに呼び出された。

サーヤと共に訪ねてみると、信じられない人物がロジンの前に取り押さえられていた。

「楊庵っ!!」

抵抗したのか、頬に殴られたような痕があり赤く腫れている。

「やはりお前の知り合いか」

ロジンはふんとため息をついた。

「今朝、罠にかかって木に吊るされているこの男を見つけたそうだ」

楊庵は捕まえられていた腕を振り払って、董胡に手を伸ばした。

「董胡……。良かった。無事だったんだな……」

「私よりも楊庵の方が無事じゃないじゃないか!」

董胡は慌てて駆け寄る。

「青龍の武人か？　どうやってこの場所が分かった?」

ロジンは楊庵の襟を摑み上げて尋ねる。

「董胡を連れ去るところが見えたから……。追いかけて……途中で見失って……」

「ふん。見られていたのか。サーヤ、とんでもないことをしてくれたな」

ロジンは楊庵を再び床に放り投げてサーヤを睨みつけた。

「楊庵!」

董胡は床に転がる楊庵を抱き寄せ、怪我の状態を見る。

頬の腫れよりも慣れない冬山を彷徨った衰弱がひどいようだ。

だが致命的なものはなさそうなことにほっとする。

「この場所を低地の者に見つかるということがどれほど危険なことか分かっているのか？　お前のおかげでせっかく張ったゲルを移動させなければならない。せっかく見つけた良いハウルジャを捨てねばならないのだ。どうしてくれる！」

ロジンの叱責に、サーヤが青ざめている。

「申し訳ございません……」

「やはり私の告げた通りになりましたな。ロジン様」

サーヤの後ろから青装束の男がゲルに入ってきて高らかに告げた。

「この者は災いを呼ぶ者。ただちに二人とも始末するべきでございます」

「エジド様……」

サーヤは蒼白になって呟く。

「うむ。エジド様のおっしゃる通りだな。やはり二人とも……」

「ま、待って下さい！」

董胡は慌てて叫んだ。

「楊庵は……彼は武人ではありません。私の護衛をしてくれていた医師です。連れ去られる私に気付いて追いかけてきただけで、他にこの場所を知っている者などいません。青龍の武人がこのハウルジャを見つけることはできません！」

「ふん。医師がこんな長い木刀を背に負っているのか？」

ロジンは楊庵の横に置かれた木刀を持ち上げた。

「護衛のための木刀です。青龍の地では女性であっても防護の武具を持っています」

「…………」

ロジンは毛に覆われた顔で董胡をじっと見つめた。

「それに楊庵は、素晴らしい鍼の腕を持っています。彼の医師としての腕があれば、ロサリ様の病は必ず治ります。私達を今始末すれば、ロサリ様の病は一生治りません。それでもいいのですか？」

「…………」

ロジンは考え込むように董胡と楊庵を交互に見つめた。

「ロジン様。この低地から来た悪魔達に惑わされてはなりません。ロサリ様の病なら、この私の祈りで間もなく治ることでしょう。どうか英断を」

エジドはどうしても董胡達をすぐに始末したいらしく、畳みかける。

だがシャーマンとして崇められていても、最終的な部族の決定はロジンがするようだ。

ならばロジンを説得するしかない。

「ロジン様は五日の猶予を下さると最初に約束なさいました！　ローの神は約束を違えるようなお頭が治める部族をお守り下さるのですか？」

董胡も必死だった。

こんなになってまで助けにきてくれた楊庵の命もかかっているのだ。

「…………」

そしてどうやら約束を違えるという言葉が、ロジンには効いたらしい。

「分かった。いいだろう。最初の約束通り、五日……いや、今日を入れてあと三日でロサリを治せ。治らなければ、その時はエジド様のお告げの通りにする。分かったな」

「分かりました」

董胡もそう応じるしかなかった。

◆

「え？　そのロサリってやつを治す見通しはたってないのか？」

「しーっ！　声が大きいよ、楊庵！」

ロジンのゲルを出て、サーヤのゲルで楊庵の傷の手当をしていた。

よく見ると、手足に引きずられたような傷がたくさんあった。

サーヤは傷口を洗うための水を汲みに行ってくれている。

カザルだけが残って、新たな闖入者を物陰からじっと見つめていた。

「だって……あんなに自信満々に承諾してたし、董胡のことだから治す算段があると思うじゃないか」

「そりゃあ私だって治せるものなら治したいけど、何の病か分からないんだ」

「ええっ！　どうすんだよ。あのおっさん、あと三日って言ってたぞ」

「うん。これから診察に行くけど、楊庵も一緒に行って診て欲しいんだ。鍼で少し不調を改善することぐらいはできるかもしれないし」

「俺は正式な医師じゃないんだぜ。医師って言ってたけどさ」

「そうでも言わなきゃ、あの場で楊庵は始末されてたよ。しょうがないでしょ」

薬籠(やくろう)から残り少ない軟膏(なんこう)を取り出して、楊庵の手足の傷に塗る。

「病人を診てる場合じゃないだろ？　とっとと抜け出そうぜ」

「その状態じゃ走ることもできないでしょ？　私も山酔いでまだ万全じゃないんだ」

「山酔い？」

楊庵は山酔いしていないのか首を傾げた。

「うん。急に高い山に登るとなるらしいんだ。楊庵は頭痛とか吐き気はない？」

「さあな。山の中を迷ってそれどころじゃなかった。それより寒くて凍えそうだったよ」

山酔いする間もないほど、ずいぶん過酷な追跡だったらしい。

こんな状態になっても、捜し続けてくれた楊庵に申し訳なくなる。

「落ち込むなよ、董胡。たぶんすぐに助けが来る」

しゅんとする董胡に、楊庵は声をひそめて耳打ちする。

「助け？　楊庵一人で追いかけて来たんでしょ？」

「いや、俺達密偵はいざという時のために鳥笛で仲間に知らせることができる。本当は途中で仲間と合流して二人で追跡してたんだ。でも二人でこのまま追うのは危険だって、一人が麒麟の社に知らせに戻った。だからすぐに助けが来るはずだ」

「えっ！　そうなの？」

ロジンには楊庵以外誰もこの場所は知らないと言ったけれど、密偵には少なくとも董胡が攫われたことは伝わっているらしい。

「だから、そのロサリとかいうやつの病なんか適当に診てさ、抜け出す準備をしようぜ」

「うん……。そうだよね……」

楊庵の言う通りなのだけど、患者がそこにいるのに適当に診て投げ出すというのが、どうにも後ろ髪引かれる思いになる。董胡の悪いくせだ。

ふと妙に静かなカザルが気になった。

声をひそめていたので会話は聞かれていないはずだが、サーヤといい、年齢のわりに利発な姉弟なので警戒しなければならない。

「あっ！」

どこに隠れているのかと見ると、隅に置いていた董胡の薬籠で遊んでいた。

「カザル！　それは大事なものだから勝手に触っちゃだめだよ！」

董胡は慌ててカザルのもとに駆け寄って注意した。

「ああっ！　医薬草典まで出して！　これは命よりも大事なものなんだからね」

カザルは薬籠の中から黎司にもらった『麒麟寮医薬草典』を取り出してめくっていた。

「これは何の草？」

すぐに奪い返そうとした董胡だったが、カザルに尋ねられてふと目を落とした。

「それは鹿尾菜というんだ。草じゃないよ。海の中に生える海藻だよ」

「海藻？」

カザルが首を傾げる。

「高原の民は海藻なんて見たこともないか。そういえば干した鹿尾菜を干しえびと一緒に持ってきていたな。どこに入れたかな？」

董胡は薬籠の引き出しをあちこち開いて、黒い毛束のような鹿尾菜を取り出した。

その鹿の尻尾のような見た目から鹿尾菜という名がついたと聞く。

「これこれ。海藻を天日干しして水洗い、塩抜きをして蒸してから、もう一度乾燥させたものなんだ。水で戻して煮物や炒め物にして食べるんだよ」

つい料理のことになると、小さな子供にも詳しく説明してしまう。

「食べられるの？　美味しい？」

「このままじゃ美味しくないけど、ちゃんと料理すれば美味しくなるよ」

「食べたい……」

カザルは急に大人びた目になって董胡を見つめた。

別人のようなカザルの表情にどきりとする。

さっきまでのあどけない瞳(ひとみ)が、急に聡明(そうめい)な光を帯びたような気がした。

「カザル……」

「おい。料理なんかしてる場合じゃないだろ？　お人好(ひとよ)しもたいがいにしろよ」

楊庵に注意されて、はっと我に返った。

「う、うん。分かってるよ、楊庵。カザル、悪いけど今からロサリ様の診察に行くから、ごめんね」

「…………」

失望したようなカザルの褐色の瞳がやけに心に焼き付く。

(お腹がすいているのだろうか？　食べ物には困っていないように見えたけど)

ともかく薬籠を片付けて、楊庵の傷口を水で流して手当を終えると、再びサーヤと共にロサリの診察に向かうことになった。

六、奇病の原因

「どう思った？　楊庵」

ゲルに戻ってすぐに董胡は楊庵に尋ねた。

楊庵と共にロサリの診察を終えたばかりだった。

「分かんないけど……斗宿の治療院で昔、首元に腫れ物を患った病人がいたよな」

「うん……。私もそれを思い出していた」

卜殷が治療していたのを覚えている。

「確か……瘿病と言っていたよね。黄芩、大黄、竜骨、牡蠣あたりを処方していたと思うけど……」

「ロサリの証に合わないな」

「うん。やっぱりそうだよね」

黄芩と大黄はのぼせや発汗を鎮めるために、竜骨や牡蠣は動悸や苛立ちを鎮静するためなどに使われる生薬だ。

脈が遅く、ぼんやりと覇気のないロサリに用いる生薬ではない。

「他に首元が腫れた患者といえば……」

「…………」

董胡と楊庵は顔を見合わせた。同じ患者を思い浮かべたようだ。

初診ですでに俯くこともできないほどに腫れていた。

老人だったが、さすがの卜殷もどうにもできないと諦めるしかなかった。

その後、息が詰まって亡くなったのだと聞かされた。

ロサリの病がその類の、たちの悪い腫瘤ならば董胡にはどうにもできない。

(あるいは尊武様の切開術なら取り除くことができるのだろうか)

確か拓生の傷を縫う時に、異国ではそんな治療法があるのだと言っていた。

でもそんな治療を董胡ができるはずもない。

医師としての敗北感が再び董胡を蝕んでいく。

「なに落ち込んでいるんだい？　ロサリ様は昨日よりずいぶん良くなってたじゃないか」

サーヤはタプラ（竈）に載せた鍋で何かをかき混ぜながら嬉しそうに言う。

「きっと昨日の薬湯が効いたんだよ。今朝は起き上がって食欲もあるようだった」

「それは……気虚を改善する薬湯だから、多少は楽になったのかもしれないけど……対症療法でしかないんだよ、サーヤ」

「対症療法？」

「病の治療というよりは、出ている症状を和らげただけで、根本解決ではないんだ」

「そんなのなんでもいいさ。とにかく以前のロサリ様のようになるなら、対症療法でも鍼でも何でもいいから治してよ！」

サーヤには、目に見える状態がすべてなのだろう。

「よく言うぜ。俺が鍼を刺そうとしたら大騒ぎしたくせに」

楊庵が呆れたように言う。

ロサリの治療で楊庵に鍼を刺してもらおうとしたら、サーヤが大騒ぎをしたのだ。痛くないから大丈夫だと言っても、心配顔で楊庵を睨みつけていた。

だが鍼の効果は絶大で、終わったあとは頭がすっきりするとロサリは言っていた。

その後の会話は、今までになくしっかりしていたように思う。

それを見て、サーヤは治ったと思ったようだ。

「ロサリ様は少し前まで、とても聡明で勇敢な方だった。馬に乗るのも同年代の誰よりも上手で、青い鬣のアズラガを手なずけるのはロサリ様の仕事だった。次のお頭として、部族の全員が期待していたお方だったんだ。それなのに……」

今の覇気のない姿からは想像もできないが、立派な後継者だったようだ。

「最初は……髪が抜け始めたことで気付いたんだ」

「髪が？」

そういえば編んだ毛束がずいぶん細いと思った。

それに眉も薄くてまばらだったから、薄毛の体質なのだと思っていたけれど……。

「他には？　他にはどんな症状が出てきたの？」

董胡はサーヤに尋ねた。

「他には……背が伸びないことを気にするようになられた。それから大して食べてないのに太るって。最近はあまり食べないから少し痩せたみたいだけれど」

「背が伸びない……。太る……」

そういえば、あの大男のロジンの息子にしては小柄だと感じた。

高原の民の十四歳にしては、かなり小さいのかもしれない。

食欲がないわりに痩せた感じがしないのは太りやすいから？

「それから急に声が低くなって掠れるようになった」

「声が……」

声変わりではなく病のせいなのか……。

「本当はそんな症状より先に疲労感が酷かったんだと思う。でも跡継ぎの責任感でずっと無理をして頑張っていたんだ。冬になってからは、ついに起き上がることも辛くなったみたいだ。それからはほとんど寝たきりで、最近は物忘れもひどくなってきた」

サーヤは絶望と共にロサリの症状を吐き出す。

それは想い人を心配する恋心のようにも思えた。

少なくとも、昔のロサリを誰より誇りに思っていたに違いない。

「サーヤはいつからロサリ様の世話をしているの？」

両親がいないと言っていたけれど、ロサリの存在がサーヤの支えになっているのかもしれない。

「五年前だよ」

「五年？　じゃあ六、七歳ぐらいじゃないの？　そんな小さい時から？」

董胡が言うと、サーヤはむっとして言い返した。

「なに言ってるんだよ。あたしは今十五歳だよ！　五年前は十歳だよ」

「えっ？　そうなの？」

てっきり十代前半、せいぜい十二歳ぐらいだと思っていた。

道理で年のわりにしっかりしていると思った。

ロー族の子供は年齢より幼く見えるのかもしれない。

「じゃあカザルは？」

「カザルは八歳だよ」

カザルも五歳ぐらいだと思っていた。

「ロー族の人は、大人は大柄なのに子供は小柄なんだね」

二十歳ぐらいで急成長する人種なのだろうか。

「…………」

サーヤは少し考え込んでから、ぽつりと告げた。

「違うよ……。先代のエジド様が亡くなってから、子供の背が伸びなくなってきたんだ」

「子供の背が伸びない？」

楊庵が不思議そうに尋ねた。

「そうさ。ロサリ様だけじゃない。みんな程度の差はあるけれど、成長が止まってしまった。きっとローの神のご加護がなくなったんだ」

「まさかそんな……」

神の加護がなくなって背が伸びなくなるなんて、そんなことがあるのだろうか。

「アズラガ（青鬣馬）だって五年前から生まれていない。先代のエジド様がいた頃は毎年必ず一頭生まれていたのに。あと五年もしたらアズラガが一頭もいなくなってロジン様も心配している」

「青い鬣の馬が産むのじゃないの？」

「違うよ。アズラガになるのは雄馬って決まっているんだ。普通の仔馬がある日突然アズラガになって生まれるんだよ」

ちょっと言っている意味が分からない。

いや、馬の話は正直どうでもいい。それよりも背が伸びないのが気になる。

「特に……あたしとカザルは呪われているんだ……」

サーヤはふいに悲しげに呟いた。

「呪われている？　なんでサーヤとカザルが？」

「先代のエジド様を守れなかったから……」

「守れなかったってどういうことだよ？」

楊庵が尋ねる。

「あたし達の両親はエジド様のお世話をする付き人のお役目を頂いていた。五年前、いつものようにエジド様がローの神に羊を捧げてご託宣を頂く道中のお供をした。でも……その途中で……エジド様と両親は何者かに殺されたんだ」

「‼」

思いもかけない話に董胡は楊庵と顔を見合わせた。

「帰りが遅いエジド様を捜しにロジン様達が出掛けて、三人の死体を見つけたそうだ。唯一のシャーマンが亡くなって、みんな絶望していた。そんな時、今のエジド様が現れて、魂を引き継いだと告げたのさ。そしてあたし達の両親が守り切れなかったせいで元の体が死んだのだと、その子供であるあたしとカザルの追放をローの神が望んでいらっしゃると告げられた」

「そんな……ひどい……」

シャーマンというのは、もっと慈悲深い存在かと思っていた。

幼い子供をこの高原に追放なんてしたら、野垂れ死ぬしかない。

「部族のみんなは庇ってくれた。あたし達の両親を慕っていた人も大勢いるからね。特にロサリ様はあたしを自分の世話係にするからとロジン様に直訴して下さった」

それでサーヤはロサリに恩義を感じているのだ。

それは恋心よりも、もっと深い感謝の想いなのかもしれない。

「みんなの反対を受けて、エジド様はあたし達の追放を仕方なく取り消された。そしてあたしは幼いカザルの面倒を見ながらロサリ様のお世話をするようになったんだ」

そういういきさつがあったのだ。

「でもそのロサリ様が病にお倒れになって、エジド様はローの神のご託宣を無視したからだと言い始めている。部族のみんなも子供達の成長が止まったことを気味悪がって、エジド様のご託宣に従うべきなのではないかと言う人も出てきた」

「ご託宣に従うって……つまり……」

サーヤは肯いた。

「うん。あたしとカザルを追放するべきだってさ。ひどい話だろ？　あたしは今のエジド様が先代の魂を引き継いだなんて、絶対信じない！」

それで青龍の医師にロサリの病を治してもらって起死回生をしようと思ったのだろう。

「みんなはそれでも今のエジド様を信じているの？」

「……。しょうがないよ。シャーマンがいなくなることは、高原の民にとっては何より恐ろしいことなんだ。エジド様がいなくなったら、ローの神のご加護を失う。それだけは、みんな避けたいんだよ。でも何人かはエジド様に不信感を持っている。ウリとウレもそうさ。それで二人に頼んで青龍の医師を攫う計画を立てたのさ」

それに巻き込まれた董胡は迷惑以外のなにものでもないが、同情する部分もある。

「あっ！　カザル！　なにやってるんだよ！」

サーヤが突然叫ぶ。すっかり話し込んでいてカザルの存在を忘れていた。

見ると、また董胡の薬籠を勝手に触って遊んでいる。

「あっ！　それは……」

カザルは薬籠から勝手に鹿尾菜を取り出していた。

「これ、食べる」

いくつも引き出しがある中からよく見つけたなと思うのだが、小さな手に干し鹿尾菜を握りしめていた。余程食べてみたいのだろう。

「だめだよ、カザル！　それはお医者様の大事なお薬なんだから」

サーヤが叱って、取り上げようとしている。

「嫌だよ。食べたいんだ。ロサリ様にも食べさせるんだ！」

「だめだったら。なに言ってるんだよ。返しなさい！」

「いやだ、いやだ！」

「もう。カザルが駄々をこねるなんて珍しいね。返しなさいったら」

取り合いになる姉弟を見ていて、気の毒になった。

「サーヤ、いいよ。それは薬じゃなくて食材なんだ。カザルがそんなに食べたいんだったら……」

料理してあげようと言いかけた董胡は、はっと目を見開いた。

「待って……。カザル……。首を見せて！」

暴れたせいで、首に巻いていた防寒の襟巻がはだけていた。そして……。

「見て、楊庵！　腫れがある……」

董胡は駆け寄って、カザルの首元をそっと押さえた。

「カザルにも僅かだけれどロサリ様と同じ腫れがあるよ！」

「え？」

サーヤは驚いて董胡を見つめた。

「言われてみれば少し腫れているな」

楊庵もカザルの首を見て肯いた。

「ロサリ様だけじゃないのか？　もしかして……」

董胡はサーヤを見た。

「サーヤ。首に巻いている三つ編みをはずして！　首を見せて！」

「え？　私の首？」

サーヤは怪訝な顔をしながらも、首に一巻きしていた三つ編みをはずした。

その首を両手でそっと押さえて、董胡は楊庵に肯いた。

「ロサリ様ほどじゃないけど、腫れている。二人とも腫れている」

「それはつまり……」

楊庵も気付いた。

「ロサリ様だけの病じゃなかったんだ。風土病？　水のせい？　それとも食べ物のせい？　あるいは高原の気候がなにか影響しているのか？」

董胡は急いで薬籠から医薬草典を取り出してめくってみる。

「なにか……。なにかそんな症例はなかったか……。首が腫れて……子供達の成長が止まったって言ってたっけ。それから……何か他に症状はない？　サーヤ」

「そういえば……あたしも最近髪がよく抜けて……。石造りのローゾスランにいる子供の中には、目が腫れるって言ってた子もいる。みんな疲れやすくて、そういえばカザルも近頃はすぐに昼寝したがる」

サーヤは思い出すように告げた。

「ローゾスランの子供達にも同じ症状が出ているんだ。いったいいつから？」

どれも急激な症状ではないので見逃されていたが、きっと他の子供にも首の腫れがあるはずだ。少しずつ、少しずつ、病が子供達を蝕んでいっていたのだ。

「分からないけど……先代のエジド様がいた頃はこんなことはなかった」

「先代のエジド様が亡くなってからということか。じゃあ、この五年で何か水場を変えたとか、違うものを食べるようになったとか、そういうことはない？」

董胡は医薬草典をめくりながら、サーヤに尋ねた。

「他の部族はよく水場を変えるけれど、あたし達はハウルジャ以外はローゾスランに定住しているから、何も変わっていないよ」

なんだろう。

水場に何か今までと違う成分が流れてきているのだろうか。

「じゃあ、食べ物は？」

「食べ物も同じだよ。特に変わったものは食べていないよ。あ、そういえば……」

「なに？」

サーヤはなにかに気付いたようだ。

「ローの『神の実』が違う」

「神の実？」

なんのことかさっぱり分からない。

「エジド様は時々ローの神に羊を捧げに行かれていた。五年前も、その道中で殺されたんだ。ハウルジャへの移動の前にも、無事に家畜達の出産を終えて男達が戻れるように、祈りを捧げて下さるのさ。そしてローの神は羊と引き換えに、あたし達に神の実を授けて下さることがあった。エジド様がそれを持ち帰ってみんなで食べるんだ」

「それはどんな食べ物なの？」

「うーん。五年以上前のことだから……よく覚えてないけど。美味しいものではなかったよ。なんか黒っぽい塊のようなものをちぎって、みんなに分けてくれた」

「黒っぽい塊？」

なんだろう？

それはこの芽吹きの少ない高原のどこから持ってきたのだろう。

いや、本当にローの神が羊の代わりに授けて下さったのか？

そんな不思議なことがあるのだろうか。

でも式神さえ作り出す翠明のことを考えれば、充分ありえる話だ。

「今のエジド様も、その祈りを引き継いでいるの？」

「うん。神の実も持ち帰るよ。今のエジド様の持ち帰る神の実は豪華なんだ。白い米と塩と黒糖。それに甘い果物もある。今のエジド様になってから、みんな楽しみにするようになった。神の実のすごい御力があるから、今のエジド様を支持している人も多い」

「…………」

それは……ロー族の人にとっては嬉しいことだろうけれど、一気に世俗的になった。

他の部族と取引きをして、羊と交換でもらった食べ物のように感じる。

やはり今のエジドのシャーマンとしての力には疑問が残る。

「じゃあ、この五年で違った食べ物といえば、そのエジド様の持ち帰る『神の実』だけなんだね？」

「うん。たぶん……」

その神の実と称する食べ物の中に、なにか病の元になる食べ物が含まれているのか。

でも首が腫れたり成長が止まったりするような食べ物なんて聞いたことがない。

なんだろうかと首を傾げる董胡の袖を、カザルがくいっと引っ張った。

「カザル？」

董胡は、はっとカザルの褐色の瞳を見つめた。

またあの目だ。

急に大人びたような聡明な輝きが宿っている。

「これだよ」

そして答えを示すようにカザルは鹿尾菜を差し出した。

「鹿尾菜……」

「こら！　カザル！　まだ持っていたの？　董胡に返しなさいったら」

サーヤは呆れたように弟を叱る。

董胡はしばし考え込んで「あっ！」と声を上げた。

「え？」

鹿尾菜をカザルから取り返そうとしていたサーヤが董胡の声に驚く。

「何か分かったのか？　董胡」

尋ねる楊庵に肯いて、董胡は医薬草典をぱらぱらとめくった。

そして鹿尾菜について書かれた場所を探し出す。

付け足しのように小さく書かれた文字を読んで気が付いた。

「これだ！　そうか、そういうことか！」

「どういうことだよ」

首を傾げる楊庵に、董胡は目を輝かせて告げた。

「病の原因になるものを食べるようになったんじゃないんだよ。楊庵」

「？」

まだ首を傾げる楊庵に董胡は続けて答えた。

「必要なものを食べなくなっていたんだ！　食材の欠乏からきた病だったんだ！」

「食材の欠乏？」

「これだよ！」

董胡はカザルが握りしめている鹿尾菜(ひじき)を指さした。

「この鹿尾菜を食べれば、きっと病が改善されるはずだ！」

ロサリの病の原因が分かった。

「じゃあ鹿尾菜を食べてないから病になったっていうのか？　そんな馬鹿なことがあるか？　伍尭國にだって、鹿尾菜を食べたことのないやつなら大勢いるよ」

むしろ常食している人の方が珍しい。楊庵は納得できないように反論した。

「違うんだ。鹿尾菜に含まれる成分なんだよ。伍尭國では鹿尾菜じゃなくとも、他の食材で摂(と)れているんだ。でもロー族には他に代わる食材もなかったんだ」

伍尭國にあって、高原にない食べ物。

伍尭國では意識せずとも自然に摂れているから誰も意識しないけれど。

董胡は鹿尾菜を再び指さしながら答えた。

「これだよ。海産物だよ、楊庵。山に囲まれた高原では海の物は手に入らない。魚や貝や昆布や海苔だけに含まれる栄養素があるんだよ」

「そりゃあ、伍尭國では海産物を一年に一度も食べないなんてことはないけどさ。でも海産物を食べなかったら病になるなんて聞いたこともないぜ」

「うん。当たり前に口にしていてそんな病になる人なんてほとんどいないだろうからね」

菫胡は『医薬草典』の鹿尾菜の説明書きの一部分を楊庵に見せる。

「見て。ここに付け足すように書かれている」

そこには翠明の祖父が付け足したらしい雑録が書き写されていた。

『気虚、血虚、水滞の証がある高原の民の中には、沃の不足を起因とする者あり。適量の鹿尾菜ほか海産物にて寛解の事例あり』

気虚の倦怠感、血虚の青白い顔色、水滞のむくみと肌の乾燥。

まさにロサリの証に合っている。

「沃？」

「うん。どうやら沃という栄養素は海産物にしか入っていないらしい。ロー族は高原の中でも特に閉鎖的で食料も自給できているため、他部族との取引きもなく海産物を口にする機会がなかったのだと思う」

あるいは他部族は青龍の食料庫を襲ったりして調達できていたのだ。

先代のエジドはそれを知っていたのか、それともローの神の奇跡を授かったのか、

『神の実』としてそれらを部族民に食べさせていた。

黒い塊とはおそらく石蓴や海苔のようなものだったのではないだろうか。

それらを口にすることで、ロー族はこれまで沃の不足になることはなかった。

それが董胡の出した結論だった。

◆

「こんなもので本当にロサリ様の病が治るの？」

サーヤは枯草のような黒々とした鹿尾菜を眺めながら不安そうに尋ねた。

「うん。食欲のないロサリ様が食べやすいように料理してみようと思う」

董胡はさっそく鹿尾菜を水で戻して料理の準備にかかった。

けれど、この高原ばかりの地にどんな食材があるだろうか。

多少の調味料は薬籠に入っていたが、液状になったものは攫われてきた時にほとんどこぼれてしまって使い物にならない。

塩と黒糖はあるが、あとは鹿尾菜のような乾燥食材ぐらいだ。

「ところでサーヤ、さっきから煮込んでいるそれは何を作っているの？」

董胡はタプラの上に置かれた鍋を覗き込んだ。

白い汁が温まって泡立っている。

「これは牛の乳だよ。こうやって温めながら時々混ぜたものを、しばらく置いておくとウルム（バターのようなもの）ができるんだよ」

サーヤは大きな匙のようなもので牛の乳をすくっては鍋に戻している。

「ウルム？」

「うん。上の方が少し固まっているだろ？　本当は一晩冷まして置いておくのだけれど、食べてみる？」

サーヤは泡が弾けて黄色くなった塊を小皿にのせて渡してくれた。

さっそくぱくりと頬張ってみると、思いのほか美味しかった。

「なにこれ？　すごく美味しい！　脂なのにほのかに甘みがあって口の中でとろけるね」

上層に浮いてきた牛の乳の脂の成分だけを掬い取ったもののようだ。

今まで食べたことのない食感と味だった。

これは期待できるかもしれないと興味が湧く。

「そういえば、いつもアールッと一緒に出してくれる茶色い団子は何でできているの？」

山酔いが少しましになってから口にしている固形の物は、その団子だけだった。

おそらくロー族の主食なのだろうと思うが、香ばしさはあるもののあまり味はない。

「これはツァンパだよ」

サーヤは大きな壺のようなものにいっぱい入った茶色の塊を見せてくれた。

「ツァンパ？」

「ローゾスランで収穫した大麦を鍋で炒ってウルムで練ったものだよ。たくさん作って保存しておくんだ。これがあるからロー族は食べ物に困ることはない」

「他には何を食べるの？」

鹿尾菜の料理に使えそうなものが欲しい。

「他って？」

サーヤは首を傾げる。

「野菜とか肉とか……」

「ああ。赤い食べ物のこと？」

「赤い食べ物？」

どうもお互いに話が通じない。

「高原には白い食べ物と赤い食べ物があるのさ。白い食べ物はアールッとかウルムとかタラグとかアーロールなんかもある。全部家畜の乳を加工したものだよ。そして赤い食べ物は家畜の肉を加工したものなんだ。ロー族では主に羊の干し肉のことだけどね」

「え？　それだけ？」

要するに乳と干し肉だけしかないということだ。

海産物どころか野菜も摂れていない。

「野菜は？　果物とか」

「そんなものないよ。エジド様が持ち帰った神の実は全部食べてしまったし。ああ、そういえば白い野菜がまだ残っているかもしれない。あまり美味しくないものは残ってると思う。でも神の実はロジン様の許可なく食べてはだめだし」

白い野菜とは大根か蕪だろうか。美味しくないというなら違うものだろうか。

でもとにかく勝手に使ってはいけないみたいだ。困った。

この乏しい食材では料理といえるほどのものは作れそうにない。

「その……タラグとかアーロールっていうのはどれ？」

「タラグは、ここには置いてないよ。アーロールはこれだよ」

サーヤは獣の革袋のようなものに入った白い食べ物を見せた。

少し黄色がかった岩石の欠片のようなものがいっぱい入っている。

「こっちがアールッだよ」

別の革袋にも黄色がかった塊が入っていた。

正直言って、ほとんど違いが分からない。

「それでこれはビャスラグ（カッテージチーズのようなもの）だよ」

別の革袋には少し滑らかだが、やっぱり黄色っぽい塊が入っていた。

「えっと、これがアルッでこっちがアーロルでこれがビャスなんだっけ？」

全然言葉が頭に入ってこない。

「違うよ。これがアールッで水を入れて温めるとロー族の冬の飲み物になる。このアールッをさらに乾燥させて食べやすい大きさにしたものがアーロールだよ。お腹がすいたらつまんだりする。こっちはビャスラグでウルムを作った後、布袋で濾して残った塊に重しをのせて水分を抜くとできる。アーロールより柔らかくて酸っぱくないんだ」

「…………」

だめだ。全然言葉が入ってこない。

だがとにかく家畜の乳をいろんな形に加工した乳酪に、それぞれ名前がついているようだ。

「ちょっと味見してもいい？」

「ああ。どうぞ」

サーヤは手慣れたように小刀でそれぞれを小さく切り分けて皿に入れて出してくれた。

「僕も食べる」

カザルもやってきて、すぐにアーロールを手に取り齧っている。

食べ慣れたおやつのようなものらしい。

「俺も。俺も食べてみたい」

楊庵は単に空腹なのだろう。さっきから羨ましそうに見ていた。

そしてサーヤにアーロールを分けてもらって、嬉しそうにぱくつく。

「おお！　少し酸味があるけど美味いぞ、董胡。家畜の乳でこんな食べ物ができるなんて凄いな」

董胡も少しずつ齧ってみた。

「本当だね。アールッとアーロールは酸味が強いけど、ビャスラグは酸味がなくて柔らかくて一番口当たりがいい。こんな加工法があるんだね」

伍尭國では家畜の乳を料理に使うことはほとんどない。

家畜の乳は仔畜が飲むものであって、人が食するのは下賤なことのように言われる風習があるからだろうが、菫胡も乳汁を加工しようなんて思ったことがなかった。

けれど食材の乏しいこの高原では、そんなことは言っていられない。

僅かに得られる乳汁という食材を、研究して工夫し続けた結果、こんな不思議な食べ物を生み出したのだ。

それは山野の草花から生薬を生み出した医術と通じるものがある。

こんな素晴らしい食べ物を今まで知らなかったことが勿体なく思えた。

「そうか。仔畜を育てる乳汁は、母親が食べた牧草の栄養素がたっぷり詰まった万能食なんだ。だから高原の民は野菜を食べていなくても充分な栄養を摂れているんだ」

そして唯一、海産物に含まれる沃だけが不足していた。

「とりあえず、鹿尾菜の入った簡単な汁椀を作ろう。サーヤ、小鍋を貸してくれる？」

ウルムを作る途中の乳汁を分けてもらい、水で戻した鹿尾菜と塩、それから薬籠に入れていた乾姜をほんの少し。ついでにビャスラグを小さくちぎって一緒に煮込んだ。

柔らかくとろけたビャスラグが鹿尾菜の食感をまろやかにして食べやすくなった。

「食べてみて。サーヤ、カザル」

高原の民の食の好みは分からないが、菫胡の特別な目には光が映し出されている。

二人が体から発する光はよく似ていた。

酸味の青が強く、あとは黒の塩味と黄色の甘味が少し。

赤の苦味と白の辛味はほとんど見えない。苦味と辛味のある食べ物は、食材の乏しい高原では口にしたこともないのかもしれない。

辛味の乾姜を少し入れたけれど大丈夫だろうか、と匙に口をつける二人を見守る。

先に鹿尾菜を噛(か)みしめたカザルがすぐに目を輝かせた。

「美味しい！　すごく美味しい！」

さっきの大人びた瞳(ひとみ)ではなく、無邪気な子供の目で感激している。

そしてサーヤも不安そうに一口食べてから目を見開いた。

「本当だわ。なにこれ？　初めて食べた味だけど、すごく美味しい」

いつも同じような料理ばかりだったから余計に新鮮だったようだ。

「うん。さすが菫胡だ。こんな見たことのない食材でもちゃんと美味いものを作るから凄いよな。すっげえ美味い」

楊庵もいつの間にか味見に加わって満足そうに肯(うなず)いていた。

良かった。これなら食欲のないロサリもきっと食べてくれるだろう。

「よし！　じゃあ、さっそくロサリ様に出してくるよ！」

サーヤは大喜びで小鍋(こなべ)を持ってロサリのゲルに向かった。

◆

「凄いんだよ！　さっきの汁椀を全部平らげたんだ！　あの食の細くなっていたロサリ様がだよ！　美味(おい)しいって言ってあっという間に食べてしまったんだ！」

しばらくして戻ってきたサーヤは、大喜びで報告してくれた。

「良かった。沃の不足が原因なら、きっと少しずつ良くなってくると思うよ」

「明日には以前のロサリ様に戻っているかな？　馬にも乗れる？」

サーヤは鹿尾菜を食べれば劇的に治ると思っているようだ。

「いや。そんなにすぐには治らないよ。ずっと寝たきりだったなら体力も落ちているだろうし」

医薬草典には『寛解』と書かれていた。

寛解とは完全な治癒に至らないのか、それとも医師が予後を見届けていないのか。

董胡も初めて診る症例で予後がどうなるかまでは分からない。

「そうなの？　先代のエジド様ならどんな病も奇跡のように一瞬で治して下さったのに」

ロー族の人にとって医術とは、神の奇跡のように思われているのだろう。

「私はシャーマンではないから奇跡は起こせないよ。これは医術なんだ」

「でも董胡の料理を食べていれば良くなってくるよね？」

「うん。たぶん……」

症例を知らないだけに、自信を持って断定できないのがもどかしい。

「それよりも、ロサリ様の病が沃の不足のせいということなら、子供だけじゃなくて大人にも病の兆候はあるはずなんだけどね。大人も鹿尾菜の料理を食べたほうがいいよ。もう少し食材を手に入れられないかな？　その『神の実』の白い野菜とか」

「おい、董胡。まさかロー族のやつらに料理を作るつもりか？」

楊庵が信じられないというように口を挟む。

「お前を攫って殺そうとしたやつらだぞ？　俺だって殴られた」

楊庵の頬には、まだ痛々しい腫れが残っている。

「ロサリってやつの病さえ治せば充分だろ？　そこまで頼まれてない」

「そうだけど……」

大人にも病の兆候があるなら、放っておけないのが董胡だった。

「病の原因が分かったんだから、約束通り角宿に帰してもらおうぜ。料理なんか作ってる場合かよ。なあ、サーヤ。俺達を無事に帰してくれるんだろ？」

楊庵に問われて、サーヤは董胡に縋りついた。

「待って！　せっかくロサリ様が良くなってきたんだから、もう少しここに居てよ。せめて約束の五日目までは。ロー族のみんなを助けてよ！　その後で、ちゃんと青龍まで送っていくからさ」

「うん……。そうだよね」

「おい、嘘だろ！」

あっさり肯く董胡に、楊庵は頭を抱えた。

「あー、また董胡の悪い癖だよ。困っている人を放っておけない。特に病人を置いて立ち去ることなんてできないっていうんだろ？……ったく……」

長い付き合いの楊庵は、董胡の行動を知り尽くしていた。

「ごめん。楊庵。あと二日だけだから」

「はあっ。分かったよ。どうせ俺は董胡に頼まれると断れないんだ。お前の気の済むようにしろよ。待っててやるからさ」

楊庵は諦（あきら）めたように告げた。

なんだかんだと、楊庵はいつだって優しい。

「ありがとう！　楊庵！」

「じゃあさ、ロジン様にロサリ様の病が良くなったって報告してくるよ。それで神の実の白い野菜を使ってもいいか聞いてくる。ちょっと待ってて」

サーヤは嬉しそうに駆け出していった。

「あーあ。じゃあ、俺はいざという時のためにひと眠りするか」

楊庵はこの数日の過酷な追跡で疲れていたのか、暖かいゲルで眠くなったらしく宣言と同時にすやすやと寝息をたてて眠ってしまった。

そうして残された菫胡の袖をカザルがくいっと引っ張る。

その瞳はまたあの別人のような大人びた光を帯びていた。

「カザル？」

「ローの神が来ているよ」

「え？」

カザルは告げると、菫胡の手を引っ張ってゲルの外に連れて行った。

風は冷たいが昼間の柔らかい陽射しが暖かい。

「ほら、あそこにローの神が来ているんだ」

カザルは青く澄み渡った空を指さした。

「ローの神？　カザルはローの神なんていないって言ってなかったっけ？」

先日と言っていることが違う。見上げた空には白い雲が細いうねりを作っていた。

「ローの神は蛇の体と魚の鱗、それから蛙の足に鷹の爪を付けているんだ」

「ああ。雲がローの神のように見えるんだね」

細いうねりが、空を泳ぐ龍のように見えた。そして気付いた。

「そうか。ローって龍のことか。ローの神って龍神のことだったんだね」

青龍の神獣でもある龍が、高原ではローという言葉で広まったのか、それとも高原のローの神のことを青龍で龍と呼ぶようになったのか。

どちらにせよ隣り合ったこの地では、龍が守護神として祀られているのだ。

「こっちに来て」

カザルは再び菫胡の手を引いて、岩肌に僅かな芽吹きがあるだけの草原を駆け抜け、こんもりと緑の群生が広がる場所に連れて行った。

「こんなに寒いのに、ここだけ草が生い茂っているんだね。何の草だろう」

菫胡が葉に触れようとすると「だめだよ！」とカザルが叫んだ。

「そのまま触ったら手が痛くなるんだよ。気を付けて」

「手が痛くなる？」

菫胡は葉に触れないように気を付けながら、群生する草を眺めた。

よく見ると葉の表面や茎の部分までたくさんの棘のようなものが出ている。

「これは……」

「ハルガイだよ。棘に刺されると赤いぶつぶつになって痛いんだ」

「赤いぶつぶつ……。これはもしかして……」

葉の形は少し違うけれど、伍尭國にも似たような草がある。

刺草、あるいは蕁麻と呼ばれるものだ。

蕁麻に刺されて皮膚に紅斑ができたような状態を蕁麻疹と言ったりもする。

蕁麻は子供のひきつけなどに効能があると言われているが、扱いの難しい生薬で菫胡も使ったことはない。

「見て。まだ芽が出たばかりの若草だよ。これは食べられるんだ」

カザルは言いながら、慣れた手つきで懐から出した革袋を手袋のように嵌めて、器用に若葉だけを摘んでくれた。

「食べられるの？　棘があるのに大丈夫かな？」

「茹でれば大丈夫だよ。春に若芽が出たら毎年食べるもん」

さすがに伍尭國では蕁麻を食べるという話は聞いたことがない。

けれど食材の乏しい高原では、春先に食べられる貴重な食料のようだ。

カザルは手袋を裏返すようにして摘んだ蕁麻を革袋に入れてから、董胡に渡した。

どうやらこれで料理を作れということらしい。

そして今度は別の方角に走っていく。

「ちょっと。カザル。あまり遠くに行くと迷子になるよ」

すでにゲルの集落の端っこが遠くに見えているだけだ。

けれどカザルは時々空を見上げながら、迷いなく突き進んでいく。

空を見上げると、ローの神だと言っていた細くうねった雲がまだ見えていた。

そして白い残雪が積もっている山際に辿り着いた。

葉を落とした枯れ木が、雪を枝に載せて寒々しい風景を見せている。

「見て」

その木の下で、カザルが高い枝を指さしている。

ずいぶん高いところに、橙色の小さな果実が身を寄せ合うように幹を彩っている。

「こんな寒いのに実がついているんだね。何の実だろう」

董胡は近付いて枯れ木を見上げた。

「チャツァルガンだよ。秋につけ始めた実を冬じゅう落とさないんだ。見つけたら馬に食べさせる。毛並みのいい良い馬に育つと言われているんだよ」

小さいのに良く知っている。

それとも高原の子供たちには常識なのだろうか。

「そうなんだね。でも、私の背では高くて取れないよ。ロジン様のような大きな人を呼んでこないと」

「これは取らなくていいんだ。高い枝についた実は鳥たちのものだから。下の方についた実は、もうロジン様たちが馬に食べさせた後だよ」

限りある食料を分け合う高原の民たちの長年の知恵なのだろう。

その鳥たちが実をついばみ、あちこちに糞を落として種を新たな土地へと広げる。

董胡は、自然と共生しながら脈々と続く壮大な歴史を垣間見たような気がした。

「さあ。そろそろ戻ろう。これ以上行ったら本当に迷子になっちゃうよ」

まだ奥に進もうとするカザルに声をかける。

日が落ちると、高原は急速に寒くなる。

「待って。これを取りにきたんだよ」

カザルは山際の斜面に積もった雪を両手で掻き出している。

「何？」

ごそごそと雪を掻き出しているが、そこだけ妙に深く積もった雪は、掘れども掘れども何も出てこない。

「そんなところを掘っても雪が積もっているだけだよ。手がしもやけになるよ」

菫胡が止めようとしても、カザルは雪掘りをやめようとしない。

「ここにあるんだ。ローの神が教えてくれた」

「え？」

やがて雪の中に枯れ枝のようなものが見えてきて、注意深く掘り進めた幹の部分に、小さな青い実が二つ、瑞々（みずみず）しい輝きを放って現れた。

「青い実？」

「チャツァルガンの青い実だよ。いつもは一つしか見つからないのに、今年は二つの実を見つけた。一つは菫胡のものだよ」

「え？　私の？」

カザルは大切な宝石を扱うように、そっと青い実を摘んで、一つを菫胡に差し出した。

「これをどうするの？　食べるの？」

手の平に載せられた青い実を眺めながら首を傾げる。

「来て。ローの神の祝福だよ」

「え？　何？」

さっぱり訳が分からないまま、手を引かれて集落の方へ戻っていく。

息を切らして駆け戻ると、カザルは一つのゲルに案内してくれた。

大きいけれど、他のゲルより簡単な造りのものだ。

入口の布を捲って中に入ると、そこには小さな仔馬や仔羊が集められていた。

「このハウルジャで生まれたばかりの子供たちだよ。まだ寒さに弱いからここに集められているんだ」

「わあ、可愛い！」

まだ足元もおぼつかないような生まれたての仔羊や仔馬もいる。

菫胡とカザルを見つけると、可愛らしい鳴き声を発しながら近寄ってきた。

「今年はたくさん仔馬が生まれたんだ。夏には馬乳酒がたくさん作れるよ」

カザルは言いながら、仔馬たちを撫でている。

そして一頭ずつ真剣な目で体つきや顔を観察してから、二頭の仔馬を選び出した。

「この子は菫胡。こっちは僕。チャツァルガンの青い実を食べさせてあげて」

カザルは言って、自分の青い実を仔馬に差し出した。

仔馬は少し首を傾げたあと、ぱくりとカザルの手の平の青い実を食べた。

「え？　勝手に食べさせたりして大丈夫？　お腹を壊さない？」

まだ母乳の時期だと思うけれど、あとでロジンに怒られたりしないだろうか。

「大丈夫だよ。この青い実は特別なんだ。ローの神の祝福だよ」

「…………」

カザルは時々妙なことを口走る。

そして、そんな時のカザルはひどく大人びていて、なぜか従いたくなってしまう。

董胡はカザルに言われるままに、恐る恐る仔馬に青い実を差し出した。

茶色い毛並みの可愛らしい仔馬は、大きな瞳で董胡を見つめてからぱくりとチャツァルガンの実を食べた。そして甘えるように董胡の手に体を寄せてくる。

「あは。美味しかったのかな。可愛い」

ささやかに生えた鬣を撫でると、嬉しそうにもたれかかってきた。

「その馬は董胡のものになるよ」

「え？」

董胡は馬を撫でながら当然のように告げるカザルを見つめた。

「ねえ。カザル。君はいったい……」

子供らしい時もあるが、時々人が変わったように大人びた目をする。

「董胡がここに来たのは偶然なんかじゃないよ。ローの神の導きなんだ」

「え？　でも私は、サーヤが名医だと勘違いして連れて来られただけで……」

「偶然なんかないんだ。すべては必然なんだよ」

董胡を見つめるカザルの褐色の瞳に、凛とした聡明な光が宿っている。

「必然って……。じゃあ、私はロサリ様の病を治すために遣わされたってこと？」

「それもあるけれど、それだけじゃない」

「それだけじゃない？」

「答えはこっちにあるよ。来て」

カザルは再びゲルを出て歩き出した。

「答えって？　カザルはいったい何を知っているの？」

董胡は追いかけながら尋ねる。

「僕は董胡のことは何も知らないよ。答えを知っているのは董胡自身なんだ」

「どういうこと？　私は何も知らないよ」

さっぱり分からない。

この辺境の地で董胡が知っていることなんて何もない。

「答えはここにあるとローの神は言っている」

「え……」

カザルは別の小さなゲルに董胡を案内して告げた。

「ここは……」

それは食料などの共同倉庫として使っているゲルのようだった。

簡単に据え付けられた棚に、所狭しと革袋が並んでいる。

おそらくアールツやアーロールといった家畜の乳でできた食料が入っているのだろう。

そんな革袋に並んで、紫がかった枯れ枝のようなものが目に入った。

「これは……紫根？」

拓生の傷口につける軟膏に必要な薬剤だ。

角宿では材料の紫根だけが手に入らなくて探していた。

もしかしてこれを手に入れるためにここに導かれたということなのか。

「でも、どうしてこんなところに紫根が？」

誰か紫根の扱いを知っている医術に詳しい人間がいるのか。

「それはローゾスランで採れる紫の染料なんだ。仙人窟に住むお医者様に持って行くと薬と交換してくれるから置いてあるんだ。この間もねね様が薬と交換したばかりだよ」

「仙人窟？」

こんな山深いところに医師が住んでいるのだろうか。

「それはロー族の人じゃないの？」

「うん。低地から少し前に流れ着いてきた人だって言ってたよ。よく効く薬を出してくれるから、いろんな部族の人が食料や馬乳酒と交換で薬を作ってもらっている」

「そんな人が住んでいるんだ。その人はロサリ様の病は診てくれなかったの？」

「診てもらったよ。でも治せないって言われたって」

「治せない……」

まあロサリの病は玄武の医師であっても分からないだろうから仕方ないけど……。

低地というのはおそらく伍尭國のことだろうと思うが、雲埆寮の偽医師だろうか。

何か追われるような罪でも犯して身を隠しているのかもしれない。

「そのお医者様のことはあまり信用しない方がいいかもしれないよ」

雲埆の偽薬のように、適当なものでよく効くと信じ込ませているのかもしれない。

「でも傷口の塗り薬がよく効くからロジン様は気に入っているみたいだよ」

「傷口の塗り薬？」

はっと董胡はカザルを見つめた。

「この革袋に入っているよ」

カザルは紫根の隣にある小さな革袋を指差した。

「ちょっと見せて？」

董胡は革袋を開いて指先に少しだけ取って嗅(か)いでみた。

「これは……まさか……」

知っている匂いだ。

いや、董胡と僅(わず)かな人しか知らない匂いだ。

「紫雲膏(しうんこう)……」

それは卜殷が編み出した特別な軟膏だった。

作り方を知っているのは董胡の他に卜殷と楊庵だけのはずだ。

「まさか……」

董胡は慌ててカザルに尋ねる。

「そのお医者様の名前は？　どんな人？」

「名前は知らないけれど、馬乳酒とかアルヒとかお酒と交換すると喜ぶって言ってたよ」

「お酒……」

やはり卜殷だろうか。

「こんなところに卜殷先生が……？」

玄武公に命を狙われているのだから、よほど慎重に身を隠さないとだめだろうとは思っていたけれど。まさか国境を越えてこんなところに隠れていたなんて。

「どうやら答えが分かったようだね、董胡」

カザルが褐色の瞳で、すべてを知っていたかのように告げる。

「カザル。君はどうして……」

カザルは最初から、董胡に必要な答えがここにあることを知っていたようだった。

いったい何者なのだろう。

けれど董胡がもう一度問いかける前に、カザルの体がふらりと傾く。

「カザル！」

慌てて倒れそうなカザルの体を支えた董胡に、カザルは大きなあくびをして告げた。

「僕……どうしてこんなところにいるの？　なんだかとても疲れた。眠いよ」

「ちょっ……カザル。大丈夫？」

けれど董胡に答える間もなく、カザルは董胡の腕の中ですでに寝息をたてていた。

◆

「あっ！　董胡！　どこに行ってたんだよ。戻ってきたらいないから慌てたよ」

眠り込んでしまったカザルを背負って、なんとかサーヤのゲルを探し当てて戻ってくるといきなり怒られた。

「良かった〜、董胡。俺を置いて逃げたのかと思ったよ」

楊庵はサーヤに叩き起こされて尋問されていたのか、長椅子に腰かけてほっと息を吐いた。

「楊庵を置いて逃げるわけないでしょ」

「俺もそう言ったんだけど、サーヤがどんくさそうな俺を置いて逃げたに違いないって言うからさ。焦ったよ。だいたいどんくさいって、失礼だぞ、お前」

楊庵は仏頂面を向けたが、サーヤは聞いてなどいない。

「え？　カザル！　どうしたの？」

董胡の背中でぐったりしているカザルに気付いて青ざめた。

「眠っているだけだよ。あちこち連れ回されたと思ったら、突然疲れたって言って眠ってしまったんだ」

董胡は言いながら、カザルを長椅子に運んでそっと寝かせた。

余程疲れたのか全然起きる気配はない。

「これもその沃ってやつが足りない病のせいなのかな？　カザルには菫胡の料理は効かなかったのかな」

サーヤは心配そうにカザルを覗き込む。

「こんなことはよくあるの？　いつから？」

菫胡は尋ねた。

「どうだろう。小さい頃からよく眠る子だったけど、このハウルジャに来てから特にひどくなった。時々ぼうっと空を見上げているし。ロサリ様の最初の頃の症状と似ているようにも思える。で、でも元気な時はいつものカザルなんだよ」

「………」

確かに沃の不足の症状に似てなくもない。でも……。

「カザルは……ロサリ様とは違うような気がする……」

いつものカザルと、別人のようになるカザルがいる。

そして、別人のカザルは常人には分からないようなことを知っている。

まるで何もかも見透かしているように……。そして大事なことを思い出した。

「そうだ！　卜殷先生だ！」

戻ったら真っ先に楊庵に相談しようと思っていたことだった。

「卜殷先生？」

楊庵は突然出てきた突拍子もない名前に首を傾げる。

「卜殷先生がいるかもしれないんだよ、楊庵！　仙人窟というところに！」

「え？」

「食料庫のゲルに紫雲膏があった。卜殷先生が編み出した特製の軟膏だよ。間違いない。あれを作れるのは私か楊庵か卜殷先生しかいない」

「まさか……どこかから薬だけ流れてきたんじゃないのか？」

楊庵もやはりすぐには信じられないようだ。

「仙人窟の医者って、酒呑先生のことかい？」

サーヤはよく知っているらしく、董胡に尋ねた。

「酒呑先生？」

「ああ。名前を聞いたら酒呑とでも呼べと答えたもんだから、みんな酒呑先生と呼んでいる。ハウルジャに来る途中でウリとウレが背負っていってロサリ様のことも診てもらったけれど、名前の通り酒ばっかり呑んで、どうしようもない医者だよ」

「…………」

董胡と楊庵は顔を見合わせ肯いた。

「やっぱり卜殷先生だ。間違いない！」

まさかこんな所で会えるとは思っていなかったが、近くにいるなら会いに行かなければならない。卜殷には聞きたいことが山ほどある。

「私は仙人窟に行くよ、楊庵」

「行くって……董胡、俺達は囚われの身なんだぜ。無理だろう」

「無理でも行かなければならないんだ」

すべての鍵は卜殷が握っている。

董胡の生い立ちも、昔なにがあったのかも。

卜殷ならすべて知っているはずだ。

「なんか知らないけどさ、それどころじゃないんだよ、董胡」

だが董胡の決意に水を差すようにサーヤが口を挟む。

「お頭が董胡を呼んでいるんだ。すぐに連れて来いって。それで捜してたんだよ」

「え？　どうして？」

まだ約束の五日目ではない。

「エジド様が今朝、ローの神のご神託を受けたっていうんだ。よそ者がいるせいでハウルジャの気が乱れているって。あたしがロサリ様の病が良くなってきたって言っても全然信じてくれなくてさ。その沃の不足だかなんだかを董胡から説明して欲しいんだよ」

エジドはやはりどうしても董胡を排除したいようだ。

五日を待てず董胡を早急に葬りたい訳があるような気がした。

「分かった。私もお頭に話がある。行ってみよう」

「董胡、大丈夫なのか？　俺も一緒に行くよ」

楊庵も慌てて董胡のあとについてきた。

ロジンの大きなゲルに入ると、前回と同じくロジンを中心に両脇に側近らしき大男が二人座っていて、そのそばにシャーマンのエジドが青い衣装を纏って立っていた。

ぴりぴりと緊張感があるのはエジドの怨念じみた視線のせいだろうか。

真ん中のタプラを挟んで手前に董胡を中心にサーヤと楊庵が並ぶ。

「ロサリの病が治ったというのは本当か？」

ロジンが低く唸るような声で董胡に尋ねる。

気になるならたまには自分で様子を見にいけばいいものを、ロー族の男というのは薄情なのか照れ臭いのか、用がなければ息子のゲルに見舞いにも行かないものらしい。

「治ったとまでは言えませんが、改善の兆しが見えているように思います」

「ならば馬にも乗れるか？　明日の放牧に連れていけるのか？」

ロジンもサーヤと同じで、病は奇跡のように一瞬で治るものだと思っているようだ。

「いえ。伍尭國の医術は高原のシャーマンの奇跡とは違うのです。一進一退しながら、少しずつ回復していきます。けれど正しく治療していけば、いずれ馬にも乗れるだろうと思います。どうか気長に見守っていただければと思います」

「ふん。しゃらくさい。いつまで待てば治るのだ！　もう待ちくたびれたわ！」

ロジンはいらいらと告げる。

その様子を見て、エジドがすぐさま続ける。

「ロジン様、騙されてはいけません。これが低地の者たちの手口です。時間がかかると言ってずるずると日を延ばし、隙を見て逃げ出すつもりでしょう。本当は病の原因など分かっていないのです。治す見込みもないのです」

それはこのエジドこそが使っている手口ではないのか。

治る治ると言って数年が過ぎたのだ。むっとして言い返す。

「そんなことはありません。現にロサリ様は以前より元気におなりです」

「それは、この私が長年かけて施したシャーマンの『御業』によって、ようやく効果が出始めたものを、さも自分の功績であるかのように言っているのです」

「な！」

そんなはずがない。エジドこそ董胡の功績を自分のものにしようとしている。

「ようやく私の奇跡がロサリ様をお救いしようとしているのに、この者が邪魔をしているのでございます。ローの神はひどくお怒りでございます。このままでは一族に災いが起こることでしょう。即刻、この狼藉者を始末すべきでございます」

「ち、違います！　ロサリ様は沃の不足で病になっていたのです。私の薬膳料理で沃の不足を補い、ようやく快方に向かってきたのです！」

「黙れ、この偽医者め！　これ以上嘘を重ねるつもりか！　即刻、この者を捕らえよ！」

エジドは右手の杖を董胡に向けて命じた。

ロジンの両脇の大男達がのそりと立ち上がり、董胡に歩み寄る。

楊庵は慌てて董胡の前に出て、大男達から庇うように立ちはだかる。

しかし、その時背後から、か細い声が響いた。

「お待ち下さい、父上」

振り向くと、ロサリがカザルに支えられるようにして立っていた。

「ロサリ？」

ロジンは驚いてロサリを見つめた。

「起き上がれるようになったのか、ロサリ」

「ロサリ様！」

サーヤが慌てて駆け寄り、カザルの反対側からロサリを支える。

「久しぶりに歩いたので……まだふらつきますが……気力は戻って参りました」

「うむ。以前よりずいぶん顔色も良くなった。目に生気が戻ってきている」

ロジンは嬉しそうに肯いた。

「医術のことは分かりませんが、その者の出してくれた薬湯を飲み、鍼を打ち、薬膳料理を食べることによって、倦怠感が薄れ、気力が戻ってくるのを感じています。だから、どうか彼に危害を加えるようなことはしないで下さい。お願いします」

「ロサリ様……」

思わぬ救世主の登場にほっとした董胡だったが、横で支えるカザルの瞳が気になる。

（またあの大人びた目だ……）

寝ていたはずのカザルがロサリを呼びにいって、ここに連れてきたのか。まるでこんなことになると分かっていたかのように……。

「ロジン様！　ロサリ様はこの怪しき者達に言いくるめられているのです！　騙されてはなりません。ローの神がお怒りです。この怪しき者を捕らえるのです！」

エジドはむきになってまだ言い続けている。

そんなエジドを、カザルが褐色の瞳で見つめて告げる。

「ローの神様は怒ってなんかいないよ。董胡に祝福を与えたんだ。嘘をついているのはこの人の方だよ」

カザルの小さな指先は真っ直ぐにエジドを指していた。

「！」

全員が驚いたようにカザルを見て、その指先が向けられたエジドに視線を移す。

途端にエジドの顔がみるみる紅潮して怒りに歪んだ。

「な！　いいかげんなことを言うな！　子供が何も分からないくせに、黙っていろ！」

エジドは恐ろしい形相でカザルを怒鳴りつけた。

だがカザルは少しも怯まず、まだエジドを指差したままとんでもないことを告げた。

「だって知っているもの。先代のエジド様を殺したのはこの男だもの」

しんとゲルの中が静まり返った。

全員が啞然としたままエジドを見つめる。

「な！　なにを言い出すのだ、この子供は！　お前の両親がエジド様を守りきれず殺されたのだろうが！　いや、お前の両親こそがエジド様を殺したのだ！　私に罪を暴かれるのが恐ろしくて、そんな嘘を言っているのだ。子供のくせになんと悪辣な！　だから最初に一族から追放すべきだと言ったのだ！　こいつこそが災いの元凶だ」

エジドは憎々しげにカザルを糾弾する。

「カザルはそんな子じゃないよ！　とと様とかか様だって、先代のエジド様を尊敬していた。殺したりなんかするわけないじゃないか！」

サーヤが涙を浮かべて反論した。

ロジンと側近の男達はどちらを信じてよいものか戸惑いの表情を浮かべている。

「ロジン様！　私よりもこのような子供の言葉を信じるのでございますか？　ロジン様がそのようなお気持ちでいらっしゃるなら、私はもうここにはいられません。先代のエジド様の魂を受け取り、はるばる使命を果たすべくやってきたというのに」

「エジド様……」

「私を失えばシャーマンはいなくなり、ローの神の加護はなくなることでしょう。それでもいいなら、私はここを出て別の部族のシャーマンとなりましょう」

「い、いや……。お待ちください。エジド様を疑っているわけではありません」

ロジンは慌てて取り繕う。

高原の民にとってシャーマンがいなくなることは死活問題なのだ。

「ならば私の言う通り、この姉弟を部族から追放し、怪しき医師を始末して下さいませ。そうして下さるなら、私はシャーマンとしてここに残りましょう」

「そ、それは……」

ロジンは困ったようにサーヤとカザルを見る。

そして董胡と楊庵に目を移し、思案しているようだ。

董胡はその迷いを見て口を開いた。

「ロジン様。結論を出すのはお待ち頂けないでしょうか。まずはロサリ様の病を治すことが部族にとって重要なことでございます。私は医師としてロサリ様の病を治したいのです。それに約束の期日までまだ日にちがございます」

「うむ。約束……。そうだな。高原の男は約束を破らない。それは守らねばならぬ」

ロジンも即決できずにいたのか、少しほっとしたように告げる。

「つきましては、私に仙人窟の医師に会いに行くことをお許し願いたいのです」

「仙人窟の医師？」

ロジンは突然話が変わったことに怪訝の表情を浮かべる。

「仙人窟で酒呑先生と名乗られるお方は、おそらく伍尭國で名高い伝説の名医ではないかと思われます。そのお方に協力頂ければ、ロサリ様の病もさらに快方に向かうのではないかと思うのです」

半分嘘だが、卜殷を今でも伍尭國一の名医だと思っているのは本当だ。

卜殷ならきっとロサリの治療にもさらに良い助言をくれると信じている。

それに話を聞きたいのもあるが、とにかく卜殷に会って無事を確認したい。

「その医師はロサリの病は治せないと言ったのではなかったか？」

「治せないと断言したということは、病の原因が分かっていたからこそ言えることです。原因が分からなければ、治せるか治せないかも分からないでしょう。おそらく手元に必要な薬剤がなかったからそう答えたのだと思われます。ですが私は薬籠（やくろう）の中に高原では手に入らない薬剤を多く持っております。これがあれば何かもっと確実な治療法があるのではないかと思うのです」

本当のところは分からない。

卜殷のことだから、酔っぱらって適当に答えた可能性も充分ありえるけれど……。

「う……む。それでロサリの病が完全に治るのなら行ってもいいが……一人で行けるのか？」

「私が仙人窟まで案内致します」

サーヤがすぐに声を上げた。しかし。

「お前はロサリの世話や、日々の仕事があるだろう？　このハウルジャには皆が役割を持ってぎりぎりの人数で来ている。男達は放牧に明け暮れ、敵の見張りに仔畜（しちく）の世話と、誰ひとり欠けることなどできない。ましてや勝手に男二人を連れて医師を攫（さら）いに行ったせいで雑務がたまっている。これ以上の勝手は許さぬ」

「す、すみません……」

サーヤは恐縮して項垂れた。

それを見て、楊庵が鼻息荒く声を上げる。

「ふん。場所さえ分かれば俺がついて行くからいいさ。な、董胡」

だがすぐに却下された。

「お前を一緒に行かせるわけにはいかない。お前は人質として残ってもらう。そいつが戻って来なければお前には死んでもらう」

「な！」

たぶん楊庵と一緒には行かせてもらえないだろうと思ったが、サーヤもだめとなると董胡一人でよく分からない極寒の仙人窟に行かなければならない。困った。

しかし、その時。

「僕が行くよ」

幼い声が叫んだ。

「カザル……」

「仙人窟ならロサリ様やねね様達と一緒にハウルジャに来る時に一度行ったから分かるよ。それに僕は決まった仕事もないしね」

「で、でも、カザル……。あの時はローゾスランから寄り道して行った道のりだし……」

サーヤは心配そうに告げる。

怒ったのは楊庵だった。

「おいおい！　冗談じゃないぜ！　こんな子供に道案内させるつもりかよ。逃げるつもりがなくとも、二人とも迷子になって戻って来れなくなったらどうするんだ！」

楊庵が心配するのも当然だ。

けれど、董胡は不思議にすべての場面が整ったように感じていた。

これが最善だという謎の確信がある。

そんな確信を後押しするように、カザルは大人びた瞳で董胡に肯いた。

「いや楊庵、心配しないで。カザルに案内してもらうよ」

「え……でも……」

董胡はロジンに向き直り、告げた。

「明日、カザルと共に仙人窟に行きます。お許し下さいますね、ロジン様」

ロジンはちらりとエジドの顔色を窺う。

エジドはにやりと満足そうに微笑んだ。

「子供の案内で春先の仙人窟に登ろうとは。死ににいくようなものですな。これこそ、まさしくローの神の導きでございましょう。好きにするが良いでしょう」

エジドは二人が迷子になって戻ってこないと思っているのだろう。

これでサーヤ以外の邪魔者を難なく葬り去れると確信したようだ。

ロジンは不安の色を浮かべたものの、エジドの許しを得て肯いた。

「うむ。分かった。いいだろう」

こうして董胡は翌日、カザルと仙人窟に行くことになったのだった。

七、皇太后の宮にて

董胡が行方知れずだった卜殿と思われる人物の許を訪ね、いよいよ出生の秘密を知ろうという頃、王宮の皇太后の宮にはいつもの顔ぶれが勢ぞろいしていた。

皇太后の御簾に向かって右側に黎司の弟でもある翔司皇子、左側には玄武公が座り、その娘の華蘭が富貴の花といわれる牡丹を散らした着物を纏い、扇を優雅に広げている。

「そういえば……嫡男の尊武が皇帝の特使団を率いて青龍に行ったとか？」

一通りの挨拶を終えるとすぐに、皇太后は玄武公に尋ねた。

「左様でございます。私も決まってから知らされて、尊武の独断には手を焼いております。あれは文武に優れた息子でございますが、どうにも一筋縄では行かず時々何を考えているのか分からぬのです。しかし必ずそれなりの利を持ち帰ってくるゆえ、好きにさせている次第でございます」

「ふむ。先日この宮にも挨拶に来てくれたが、変わらず美しく聡明な若者じゃった」

困り果てている玄武公と裏腹に、皇太后は機嫌よく答える。

尊武は幼少の頃から、皇太后のお気に入りの甥っ子だった。

ゆえに玄武公も多少のことは大目にみている。

「今回の青龍行きも何か考えがあってのことじゃろう。頼もしいことではないか。あれで母親さえまともであればのう……」

「そ、そのことはどうか……もう……」

皇太后の呟きに玄武公は慌てて返すと、もうその話には触れてくれるなと黙り込んだ。

皇太后はその様子を見て肩をすくめる。

「濤麗のことといい、兄上はほんに女運が悪いことよ。そなたの母上が唯一の救いじゃぞ、華蘭。私が世話した甲斐があったというものじゃ」

皇太后は華蘭に目をやり微笑んだ。

濤麗が死んだ直後、白虎の二の宮にいた皇女を玄武公に引き合わせたのだ。

「畏れ多いお言葉、我が母上も喜びますでしょう。ありがとうございます」

華蘭はそつなく流麗に答える。そして続けて尋ねた。

「ところで皇太后様。我が義姉上、鼓濤様のことはどうなさるおつもりですか？　ずいぶん帝の寵愛を受けているという話でございますが……」

「ふ……む、鼓濤か。侍女頭を潜入させているが、一度しくじったゆえにしばらくは信頼を回復させるために改心したように振る舞っているという話だ。怪しまれる行動は当分できないと申しているし……困ったものよ」

帝の暗殺について何でもないことのように告げる皇太后に、翔司は一人青ざめた。

恐ろしい母だと思っていたし、国の安定のためには多少の策略も仕方がないことと思っていたが、今はそんな自分が本当に正しいのだろうかと疑問に思うことも増えた。むしろ今まで何の疑問も持たず、我こそは正義だと信じていた自分が愚かしく思える。

しかしそんな翔司の戸惑いにも気付かず、華蘭は続ける。

「皇太后様。義姉上をこのまま増長させては危険です。平民育ちゆえの図太さで、帝さえも思いのままに動かすようになるやもしれません。義姉上を早急になんとかして下さいませ！」

なんとかというのは、どうしろという意味なのか。

翔司は疑いもなく好ましく思っていた華蘭を不安げに見つめる。

「されど鼓濤がいなくなれば一の后の座が空いてしまう。さすればそなたが今の帝に嫁ぐことになってしまうのじゃぞ、華蘭」

「そ、それは……」

それを避けるために鼓濤を輿入れさせたのだから、追い出してしまったら本末転倒になる。

「やはり帝を廃位させることが先決じゃ。さすれば自動的に后も排除される。鼓濤のことはしばらく侍女頭に見張らせておくゆえ手出し無用じゃ」

「………」

華蘭は納得できないように無言になった。

「何をそんなに恐れているのじゃ。多少利発なようだが、たかが平民の娘じゃぞ？」

「義姉上は……本当に……卜殷とかいう平民の娘なのですか？」

華蘭は扇を握りしめ、絞り出すように尋ねた。

「…………」

皇太后は御簾の中で窺うように玄武公に顔を向けた。

「兄上。鼓濤の父親は卑しい平民医師なのでございましょう？」

「そ、それは……」

玄武公は苦渋を浮かべて、怒りを再燃させたように両手を握りしめた。

「それともやはり噂のあったあの者が……」

「おやめ下さい!!」

何かを言いかけた皇太后の言葉を玄武公が大声で遮る。

「兄上……」

玄武公の剣幕に驚いたように皇太后が言葉を途切れさせる。

「今更……鼓濤の父親が誰であってもどうでもいいことです！　濤麗が私を裏切っていた。それがすべてです。鼓濤はその忌々しい女の娘である。それだけです!!」

激しい口調で息巻く玄武公に、部屋の中はしんと静まり返った。

翔司はその様子を黙って眺めていた。

鼓濤という后がどういう人物なのか、裏で母と玄武公が何を企(たくら)んでいたのか、詳しく知ったのは殉死制度廃止の詔を皇帝が出した後のことだった。

あの時、翔司が帝に賛同するような意見を言った後、二度と余計なことを言わないようにと二人からきつく叱られた。それと同時に、翔司の発言にはそれなりの力があるのだと認識されたのか、今までのような子供扱いをやめて、多少の詳細を知らされるようになった。

正直に言うと、知れば知るほど混乱している。

自分はいったい何に巻き込まれているのか……と。

そして自分より年下の華蘭がどこまで知っていて、どこまで受け入れているのかと。

そんな翔司の様子に気付いたのか、皇太后が声を和らげて告げた。

「若い二人には耳を塞ぎたくなるようなおぞましい話じゃな。ここはもうよいから、そなたらは二の間にてゆるりと過ごすがいい。翔司、華蘭を案内して差し上げなさい」

「はい……」

翔司は素直に立ち上がり、いつものように華蘭を伴って二の間に向かう。

二の間から見える中庭には、咲ききった梅の花が真っ赤に色付いていた。

先日降った雨で散った花びらが、地面と小さな池の水面まで赤く染めている。

今日はやけにその赤が毒々しく見える。こんなに美しいのになぜか恐ろしい。

厚畳に腰を下ろすと、隣に座る華蘭に尋ねた。

「華蘭殿は……義姉上……鼓濤様のことがお嫌いなのですか？」

華蘭は、はっと扇で顔を隠したまま翔司の方を向く。

「話を聞いてみると、幼い頃に攫われ、平民暮らしで苦労された方ではないのですか？　血筋の怪しさはあれど、気の毒な方ではないですか」

姉とまでは思えずとも、気の毒な人に僅かな慈悲の気持ちがあっても良いのではないかと翔司は思った。

「宮様は……なぜそのように義姉上のことを特別に気にお掛けになるのですか？」

「いえ、別に鼓濤様のことを特別に気に掛けている訳では……」

「以前も帝が廃位になればその后はどうなるのかと心配していらしたではないですか」

「それは……」

それは后ではなく、侍女の『竜胆の姫君』を心配してのことだ。鼓濤のことではない。

「それゆえに殉死制度廃止について賛同されたのでしょう？」

「いえ、そんなことは……」

華蘭は扇に隠れたまま突然「わっ！」と泣き伏した。

「そのように……宮様がお気に留めていらっしゃるから、私は心配になったのですわ」

「華蘭殿……」

急に姫君に泣かれて、翔司は慌てた。

「宮様は義姉上の恐ろしさを知らないのですわ。黒水晶の宮で初めてお会いした時からそうでした。平民暮らしで満足なお支度もないだろうと気の毒に思った私が、大切にしていた着物や簪を差し上げましたのに、鼻で笑って暴言を吐いて私を貶めたのです」

「な……。鼓濤様はそのような方なのですか？」

「平民育ちなのです。覚悟はしていましたが、粗野で下品極まりないお方でございます。それなのに、帝が寵愛されているなんて、私には信じられません。きっとおぞましく下品な技で帝を取り込み、何か良からぬことを画策しているに違いないのです」

「まさか……」

「お優しい宮様は、そのように同情されておしまいになるから私は心配だったのです。私は宮様を想って、このように義姉上を警戒しているのでございます」

「華蘭殿……」

そうまで言われると、何か自分が悪かったように思ってしまう。

考えてみれば、年下でこのように純真な姫君が嘘をつくとも思えない。

多少残酷に見える側面も、自分のためだと思えば健気にも感じる。

「そもそも平民として育ちながら、図々しくも帝への輿入れを喜んで受け入れたようなお方でございます。私がもし同じ立場なら、畏れ多くて固辞したことでございましょう。私は義姉上が何を企んでいらっしゃるのかと思うと恐ろしくてならないのですわ」

華蘭は恐ろしさに気でも失いそうな様子でふらりとよろける。

「華蘭殿。大丈夫ですか？」

翔司はそっと体を支え、疑ってしまったことを心から申し訳なく思った。

「どうか安心して下さい。私は決して鼓濤様の思い通りになどなりません。帝にも機会があれば警戒するように忠告致しましょう。そのような下品な姫君の好き勝手になどさせません！」

「本当に？　私を……信じて下さいますの？」

「もちろんです。私は華蘭殿の言葉を一番に信じています」

「うれしい……」

翔司は華蘭の華奢な体を、遠慮がちにそっと抱き締めた。

「でも……宮様は義姉上には何もなさいませんようにね。きっと我が兄上様がすべてを解決して下さいますわ」

「尊武殿が？」

「ええ。兄上様は何より下品な者を嫌っておりますの。義姉上のような方のことは、きっと誰より許せぬ方でございますわ。玄武の恥とならぬよう、兄上様がうまく片付けて下さることでございましょう」

「片付ける……」

不穏な言葉だと……翔司はふと背筋が寒くなった。

中庭に目を向けると、梅の赤がさっきよりも毒々しくなったような気がした。

八、仙人窟の医師

「カザル、本当に大丈夫？　水場までは分かるよね。その先に真っ直ぐ行くとトーロイの大木がある。トーロイの側には冬眠から醒めたばかりのマザーライがいるかもしれないから用心してね。マザーライに出会ったら慌てて逃げずに死んだふりをするんだよ。その向こうにはフスの木が二本並んでいるのが見えるから、そっちに向かって歩いて行くんだよ。その次はウリアスの木を目印にするんだ。チョノには気を付けるんだよ。岩山に出た時はブルゲドに見つからないようにね」

朝からサーヤはカザルに何度も同じことを言い聞かせている。

高原の分からない単語だらけだが、とにかく大木だけを目印にしているようだ。しかも詳しく聞いてみると、どうやらマザーライというのは熊でチョノというのは狼でブルゲドというのは鷲らしい。どれに遭遇しても絶体絶命になる気がする。

「それから春先には砂嵐が起こることもあるから、用心するんだよ。砂嵐が来たら飛ばされないように身を低くして通り過ぎるのを待つんだ。分かったね」

サーヤが言い聞かすほどに不安になる。

カザルも不安そうに肯(うなず)いている。

その様子を見ていると、なぜこの幼い子供と二人で行くなんて言ってしまったのだろうかと、我ながら無謀なことをしたと頭を抱えたくなる。

なぜかあの場では絶対大丈夫な気がしたのだ。卜殷に会いたいあまりどうかしていた。

楊庵がいたら、やっぱり行くなと大騒ぎをしていたことだろう。

しかし楊庵は、夜明け前に馬の乗り方を教えると言って連れて行かれてしまった。

人質と言っても、忙しい男達が楊庵を見張るためだけにゲルに残るわけにもいかず、馬に乗せて放牧を手伝わせることになったらしい。

ロー族の人々は董胡にしろ楊庵にしろ、捕らえたからといって縄で縛って身動きできないようにしたり、四六時中見張って警戒したりはしない。

むしろ人質であっても貴重な労働要員として働かせようという発想のようだ。

臨時の労働要員として仲間に加えるか、殺すか、の両極端な二択しかないのだ。

良くも悪くも大雑把で細かいことにこだわらないのか、あまり人を疑わないのか。

腕力がなくとも悪知恵を働かせる悪辣(あくらつ)な者もいるとは考えないのだろう。

確かにシャーマンのような守り神がいなければ、存続は難しそうな部族だ。

(尊武様がここにいて本気で逃げようと思ったら、飲み水に毒を入れたり、ゲルに火をつけたりして、自分が逃げるためなら手段を選ばなかっただろう)

素朴なロー族の人々は、尊武のような人の命を屁(へ)とも思わぬ恐ろしい人間がいるなんて想像したこともないに違いない。

そう考えると、サーヤが尊武を攫ってなくて良かったと心から思う。

(尊武様なら、躊躇いもなくロー族を全滅させていたに違いない)

攫われた董胡がほっとするのもどうかと思うが、つくづく自分が攫われて正解だったのだと思った。

「董胡。日が落ちると急に寒くなるし危険な獣も出てくるから、用が済んだらすぐに戻ってくるんだよ。これ、あたしの襟巻も持っていきな」

董胡はロー族の冬装束を貸してもらい、厚地の下穿きと革の長靴を履かせてもらった。上衣は何枚も重ねてから毛皮を羽織り、頭には耳当てのついた羊毛の帽子をかぶる。

仙人窟に行くと聞いて、余っている衣装をウリとウレが集めてきてくれたようだ。

シャーマンのエジドは冷たい人だが、他のロー族の男達はなんだかんだと気のいい人達だった。

「じゃあ、行ってくるね」

朝日が昇ると同時に董胡は薬籠を背負って、カザルと共に出発した。

「行ってきます、ねね様」

カザルはサーヤに抱きついてから、今生の別れのように涙を浮かべている。

自分で行くと言い出したとは思えないほど頼りない様子だ。

二人で歩き出しても、まだしくしくと泣いている。

「カ、カザル。本当に大丈夫なんだよね？　仙人窟への道は分かるよね」

「僕ね……本当はよく覚えてないんだ……なんで僕が行くなんて言ったんだろう」

「ええ――っ⁉」

出掛けてから言われてもと思うのだが、今更どうしようもない。

「でも……水場は分かるよ。いつも水を汲みに行くから」

カザルに与えられた唯一の仕事が昼の水汲みだったらしい。

少し歩くと、すぐに池というにも小さいような水溜まりに辿り着いた。

「水場ってこれだけ？」

よく見ると、表面は夜の冷気で凍っている。

「今の時期は、まだ近くに残っている雪を解かして水にしているから、ここに汲みにくるのは昼間足りない時だけなんだ」

そうか。日陰や少し標高の高い場所に雪がたくさん残っているからそれで充分らしい。

「ここから……えっと……トーロイの大木って言ってたね。あ！　あれかな？」

まばらに緑がある高原のずっと向こうに大きな木が一本だけ立っているのが見えた。

「うん。たぶん……」

「………」

不安だ。本当に仙人窟に辿り着くのだろうか。

ともかく大木を目指して進む。近付いてみると確かに目立つ大木だ。

「これは……何の木だろう？　箱柳(はこやなぎ)の枝をうねらせたような落葉樹だね」

「さあ……。トーロイの大木の側にはマザーライがいるから近付いちゃだめなんだ」

「マザーライって熊のことだったよね。つ、次に行こうか」

今の時期は葉を落としているので何の木かさっぱり分からないが、呑気(のんき)に調べている場合ではない。冬眠あけの熊と遭遇したら大変だ。

「次は……えーっと……フスの木が二本並んでいるんだっけ」

辺りを見渡すと、遥(はる)か遠くに二本並んで立つ白い大木が見えた。

「あっちみたいだよ、カザル」

カザルの道案内というよりは、ほとんど董胡が先頭に立って歩いている。

幼い歩幅に合わせていたら、仙人窟に昼までに辿り着ける気がまったくしない。

しかももう疲れたのか、どんどん歩く速度が遅くなっている。

ようやく二本のフスに到着すると、白い樹皮に所々横線を描くように黒く剥(は)がれた枝痕(あと)が目についた。この特徴的な樹皮には見覚えがある。

「フスというのは白樺(しらかば)のことだったのか。これも落葉樹で葉がないから断言はできないけれど」

大木といっても落葉樹が多く、緑があるのは日当たりのいい草原だけだ。

「えーっと、次は……ウリアスだっけ」

遥か向こうまで見回してみるが、それらしき大木は見えない。

「ウリアスってなんだろう。大木じゃないのかな？　何か知らない？　カザル」

「………………」

きょろきょろとだだっ広い荒れ地を見回しながら尋ねるが、カザルの返事はない。

「カザル？」

不審を感じて見ると、カザルは黙ったまま空を見上げていた。

「カザル、どこを見てるの？　空じゃなくてウリアスを探すんだよ」

董胡が言っても、カザルは聞こえていないように、ぼうっと空を見上げたままだ。

「カザル。大丈夫？　眠いの？」

昨日のように突然眠ってしまったらどうしようと思っていると、突然カザルの右手が空を指し示した。

「ローの神だよ」

「え？」

空を見上げると、昨日と同じ細くうねった雲が遠い空に漂っていた。

特徴のある雲だが、二日続けて出ていても珍しいようなものではない。

「いや、雲よりもウリアスなんだってば、カザル。こんなところで迷子になっている場合じゃないんだよ」

「大丈夫だよ。迷子になんかならない。こっちだよ、董胡」

「え？」

急にカザルが頼もしくなって、先に立って歩き出した。

「本当にこっち？　何も見えてこないけど」

ずんずんと歩いて行くカザルに不安になるが、その足取りに迷いはない。

「うん。ローの神が守ってくれるから安心して」

「ローの神……」

カザルに言われるまましばらく歩くと、低木が密集しているのが見えてきた。

「あれか！　あれがウリアス？」

近付いて行くと、大木が何本も無残に倒れているのが見えてきた。

「少し前に砂嵐が吹いたようだ。ウリアスは根が浅いから大木は倒れてしまったみたいだね」

確かに半分砂に埋まっている木もある。

けれど低木はなんとか持ちこたえたようで、いくつか冬芽が出ている。

黄緑っぽい花穂が見えていた。

「葉の展開より先に花が咲くのか。やっぱり箱柳かな」

「うん。最初にあったトーロイもウリアスの一種だよ。水がない時はウリアスの幹に穴を開けると水が吹き出すんだ。高原の恵みの木だよ」

「え……」

急にカザルが物知りになった。さっきまでと別人のようだ。

「ここを越えたら岩山が見えてくる。ほら、あそこだよ」

カザルの指し示す先には、岩山というにはずいぶんささやかな隆起が見えていた。

「え？　あれ？」

山というより丘程度に盛り上がったごつごつした岩肌が広がっている。

「なんだ。仙人窟なんて言うから、てっきり仙人が住むような険しい山かと思ったよ」

まだ遠くに見えているが、あの程度の岩山ならすぐに登れそうだ。

「良かったあ。これなら無事辿り着けそうだ」

よく考えてみたら、そんな険しい山だったら、いくらなんでも幼いカザルを案内役にすることをロジンもサーヤも認めないだろう。余計な心配をし過ぎていたようだ。

不安がなくなると足取りも軽くなる。急に景色を楽しむ余裕まで出てきた。

「あ、見て、カザル。花が咲いているよ！」

黒々した岩肌と僅(わず)かな緑の草原、それに日陰に積もった白い雪しかなかった風景に、突然薄紫の鮮やかな花が目についた。

こんな冬山にも咲く花があるのだ。

「それはヤルグイだよ。白頭草(はくとうそう)とも言う。よく見ると葉や茎に白い毛が生えているでしょう？　果実の頃にはもっと長くなって白髪頭のように見えるんだ」

近付いて見ると、確かに白い綿毛のようなもので覆われている。

まるで寒さをしのぐ羽毛のように身を守り、この厳しい環境で咲いているのだろう。

冬の殺伐とした風景に彩りを添えてくれるたくましい命が微笑ましい。

「カザルは物知りだね」

「僕じゃないよ。ローの神が教えてくれるんだ」

「ローの神が？」

にこりと微笑むカザルの瞳は、またあの大人びた光を帯びている。

「ね、ねえ、カザル。ローの神って……」

「さあ急いで、董胡。早くしないと昼までに着けないよ」

カザルは董胡の言葉半ばで走り出した。

「あ、待ってよ、カザル。そんなに急がなくても、もうすぐ着くでしょ？」

そう思っていた董胡は、それが甘い考えだったのだと思い知ることになった。


「う、嘘でしょ？」

カザルを追いかけて、岩肌の丘を登りきったと思った董胡は断崖絶壁に立っていた。

目の前には地の底まで届きそうな深くえぐられた大穴があった。

断崖はいびつな階段状になっていて洞窟のような横穴があちこちに開いている。

どうやら仙人窟とは登る山ではなく、下る崖のことらしい。

階段といっても僅かな幅しかなく、危険だらけの足場だ。

少し足を滑らせたら奈落まで落ちていきそうな断崖にくらくらする。

「早くしないと時間がなくなるよ」

カザルは落ち着いた様子で董胡の手を引いた。

「む、無理だよ、カザル。落ちたら死んじゃうよ」

山登りぐらいは斗宿にいた頃は日常茶飯事だったが、こんな断崖は下りたことがない。

「大丈夫だよ。僕が手を繋いであげるから」

言って、とんと飛び跳ねるように断崖に一歩踏み出す。

「ひ、ひいいい。跳ばないで！　落ちるよ、落ちるよ！」

「ローの神が守ってくれるから、安心して」

カザルはぐいっと董胡の手を引っ張った。

「わ、分かったから。ついて行くから強く引っ張らないで！」

さっきまで頼もしかったカザルだが、別人になった時は無敵気分になってしまうのが恐ろしい。無敵じゃない董胡は下を見ただけで眩暈がしそうだ。

「酒呑先生は少し奥まったところに住んでいるから、急がないとだめだよ」

「ひいい。分かってるけど……もっとゆっくり行って、お願いだから」

堂々と進む幼いカザルに手を引かれ、腰の引けた董胡が泣きごとを言いながらついていく。足幅しかない道や斜めに欠けている道もある。

（なんてところに住んでいるんだよ、卜殷先生ーーっ！）

無事会えたら絶対恨み言を吐いてやると心に誓った。

横穴が開いているところは、少し道幅が広くなっていてほっと息をつく。

中からは時々念仏を唱えるような声や、人影が見えることもある。

どういう人達が暮らすところなのか分からないが、ひっそりとしているものの、横穴の数だけ見張られている視線を感じるような気がする。

時々下から吹き上げる風が悲鳴のように響き渡るのも不気味だった。

そして時折、鷲が風にのって空を旋回して董胡たちを見下ろしている。

「カザル！　鷲だよ。ブルゲドだっけ！　見つかっちゃったよ！」

岩壁に張り付いて怯える董胡にも、カザルは余裕で微笑んでいる。

「大丈夫。ローの神が追い払ってくれるから」

「追い払うって……。だからあれはただの雲でしょ？」

けれど、不思議なことにカザルが言ったように、鷲たちはしばらく空を旋回したものの、襲ってくることもなく飛び去っていった。

こうして生きた心地がしない崖下りの果てに、ようやく目的の洞窟に辿り着いた。

「ここが酒呑先生の家だよ」

ちょうど断崖の真ん中ぐらいだろうか。

帰りはこの崖を登らなければならないのかと思うと気が遠くなる。

「酒呑先生、いらっしゃいますか？」

カザルは物怖じする様子もなく、洞窟の中に呼びかけた。

「…………」

返事はない。

「え？　まさか留守ってことはないよね？」

これほど命懸けの崖下りをして、卜殷に会えなかったら悲しすぎる。

「酒呑先生」

カザルは呼びながら薄暗い洞窟の奥に進んでいく。董胡もついていった。

その時。

突然毛むくじゃらの大きな黒い影が、洞窟の奥からぬっと現れた。

「わあああ！　熊だ！」

董胡は驚いて腰を抜かす。間違えて熊のねぐらに入り込んでしまったのだ。

その董胡にもたれかかるようにカザルの体が倒れ込んできた。

「カザル？」

まだ襲われてはいなかったと思うが、目を閉じて眠っているように見える。

「そ、そうか、死んだふり。死んだふりをするんだったね。さすがカザル！」

これだけ騒いでおいて今更遅いと思うが、慌てて董胡も目を閉じて死んだふりをする。

「…………」

大きな獣がゆっくりとこちらに忍び寄る足音が聞こえる。

無防備に寝そべった体は、踏みつけられたら終わりだ。

（もうだめだ。まさかこんなところで熊に殺されて終わるなんて）

今まで何度も殺されそうにはなったが、これは最悪の死に方じゃないだろうか。

こんな辺境の洞窟の中で熊に食べられて死ぬなんて。

（どうせ死ぬならレイシ様のそばで死にたかった。なんで卜殷先生に会おうと思ったんだろう。いや、そもそもなんで青龍になんて来てしまったのか……）

今更な想いが頭の中をぐるぐると巡る。

足音が董胡のすぐそばで止まり、身を屈めて董胡を覗き込んでいるのを感じる。

いよいよ噛みつかれるのかと観念したその時。

「董胡か？」

なぜか熊に名を呼ばれた。

「本当に董胡なのか？」

聞き覚えのある声だ。

「え……？」

片目をそっと開けて見ると、目の前に毛むくじゃらの顔があった。

「ひっ！」

やっぱり熊じゃないかと、もう一度死んだふりをしようと思ったが、その目元に僅かに懐かしさを覚えた。もう一度そっと両目を開けて毛むくじゃらの顔を見る。

「卜殷……先生？」

「やっぱり董胡なのか！　なんでこんなところに……」

「卜殷先生！　本当に卜殷先生なの？」

董胡はがばりと起き上がり、毛むくじゃらの男をまじまじと見た。

髪も髭も伸び放題で、おまけに熊の毛皮のような服を全身に着込んでいる。

明るい場所で見ても熊にしか見えない立ち姿だ。

「どうやってここまで来たんだ？　なんでお前が……」

「卜殷先生こそ、どうしてこんなところで熊のふりなんか……」

「いや熊のふりなんかしてねえよ！　薬と交換に暖かい衣装をくれと言ったら、この毛皮をくれたんだ。好んでこんな恰好をしているわけじゃねえ」

そうだった。あまりに熊らしい見た目で失念してしまっていたが、卜殷はここで仙人窟の貴重な医師として暮らしているのだった。

「な、なんだ。驚かさないで下さいよ。カザル。もう起きても大丈夫だよ」

まだ死んだふりをしているカザルに声をかける。

「あれ？　カザル？　え？　本当に寝ているの？」

カザルはぐっすりと寝込んでしまっている。

この急な爆睡は昨日と同じだ。

やるべきことを終えたら、突然役目は終わったとばかり爆睡してしまう。

「じゃあカザルは熊だと思って死んだふりをしていたのじゃなくて、卜殷先生のところまで無事に私を連れてきたから、役目を終えて眠ってしまったってこと？」

「そんな小さな子供と二人でここへ来たのか？　お前……死ぬつもりか？」

卜殷が呆れるのももっともだ。

「ともかく、ここは寒い。もう少し奥に寝かせてやれ」

カザルを抱き上げて、洞窟の奥に連れて行ってもらった。


洞窟の中は奥に深いのではなく崖に沿って掘られているらしく、崖面に小さな明かり取りの穴がいくつも開いていて、意外にも真っ暗闇ではなかった。

三つの穴部屋に分かれていて、寝床には藁の上に毛皮が敷かれ暖かそうだ。

そこにカザルを寝かせて、董胡と卜殷は隣の一番暗くない部屋に向き合って座った。

「腹が減ってないか？　酒の肴のようなものしかないが……」

卜殷の背後には革袋が並んでいて、ロー族と同じような乳から加工した白い食べ物と干した羊肉が出てきた。他にも干し柿や木の実なんかもある。

ロー族より食生活は豊かだ。食べることには困っていないようで良かった。

「飲み物は酒と水しかないがな」

「水を持ってきたので大丈夫です」

洞窟で簡単に手に入らない僅かな水をもらう気にはなれない。

薄暗さに慣れた目で周囲を見渡すと、卜殷が往診で使っていた薬籠が目に入った。

「こんな山奥で医者をやっているのですか？」

「ああ。他にできることもないしな。シャーマンに治せない病があると、みんな俺のところにやってくる。まあ、大抵は怪我の治療だな。俺の知っているシャーマンってやつは、治った気にさせることが得意なだけで、気休めみたいなもんだ。治療結果が目に見えてしまう傷や骨折なんかは誤魔化しがきかないから治せないそうだ」

卜殿はふんとため息をついた。

その手口は、雲堝の偽薬の誤魔化しと同じような匂いを感じる。

「もっとも、本物のシャーマンってやつがいるのなら、こんな酔っ払い医者のところに用はないから会えないだけかもしれないがな」

卜殿は見慣れた瓢簞徳利を手に取ると、ぐびりと一口呑んだ。

斗宿から逃げる時、薬籠と瓢簞酒だけは持ち出したらしい。

「相変わらずお酒ばかり呑んでいるのですね。呑み過ぎは体に悪いですよ」

「はは。董胡の小言を聞くのも久しぶりだな。懐かしいな……」

しみじみと告げる。そして少し真面目な表情になって尋ねた。

「お前は……皇帝の后になったのではなかったのか？」

「…………」

やはり卜殿は知っていたのだ。

董胡の正体も。消えた董胡の行く末も。

「卜殷先生は……すべてご存じだったのですね？」

「………」

卜殷は考え込むように、もう一口酒を呑んだ。

「レイシ様の正体も……ご存じだったのですか？」

斗宿で助けた貴人が、伍尭國の皇太子だと知っていたとしか思えない。

「その当時は、確信はなかったが……な。だがお前が消えて、やはりそうだったのだと確信した。そしてもう……運命に抗うことは出来ないのだと……分かった」

「運命？」

董胡は卜殷が何のことを言っているのか分からなかった。

「昔……お前が皇帝の后になるのだと予言した方がいた」

「予言？」

「伍尭國の崩壊を回避できる唯一の細い光の道。その鍵を握るのがお前だと、その方はおっしゃった。だがそれはお前にとって苦難の道でもある。お前個人の穏やかな幸せだけを目指すのであれば、別の道筋もある。どちらに流れるかは確定ではない……と」

「伍尭國の崩壊？　まさか、そんな……」

誰がそんないい加減な予言をしたというのか。

それは黎司の失脚を意味する。そんなことはあってはならない。

「俺はお前を育てるうちに、お前個人が幸せであることを願うようになった。伍尭國の崩壊なんて知ったことかと。貴族同士が争い、お互いを潰し合って崩壊するのなら好きにすればいい。戦に巻き込まれないようにすれば、平民には関係のないことさ。なるべく王宮から引き離し、ひっそりと暮らしていければいいと思うようになっていた」

「卜殷先生……」

それはきっと卜殷の本心だ。

しみじみと告げる卜殷は、養父だけれど董胡の本当の父のような存在だった。

「だが……そんな片田舎の斗宿に……五年前のあの日、不相応な貴人が現れた……」

「不相応な貴人……」

黎司のことだろう。

「あの瞬間から……運命は確実にお前を皇帝の后へと導いていた。俺がどれほど抗おうとも、引き離そうとも……運命の導きに引き寄せられてしまう。それに俺はあの方と約束したんだ。あの尊い方と……」

「尊い方？」

卜殷は観念したように大きく息を吸い、告げた。

「濤麗様だ……」

「濤麗……」

それはまさしく母の名だった。

董胡の母であり、玄武公の妻であり、朱雀の皇女であった人。

やはり卜殷は濤麗と接点があった。

「濤麗様に初めて会った時、この世にこんな美しい人がいるのかと腰を抜かしたもんだ。貴族の姫君とはこれほど神々しい方なのかと眩暈すら感じた。後で知ったが、濤麗様は姫君の中でも別格の美貌と気品を持つのだと。その姿を見た者は一瞬で魅せられてしまうそうだ。まさしく、俺は……一目で濤麗様のためなら何でもしようと思ったさ」

当時を思い浮かべて、卜殷は自嘲するようにふ、と嗤った。

それは恋以上に強い執着を感じさせた。

卜殷もまた、濤麗の持つ麒麟の不思議な力に魅入られてしまったのかもしれない。

「で、ではまさか……卜殷先生はその濤麗様と……」

最初疑った通り、董胡の父は卜殷だったのか。そういうことなのか。

だが、すぐに卜殷は笑い出した。

「は。はは……。馬鹿を言うな。あの方は玄武公の正妻だったのだぞ？　たかが平民医師の俺が簡単に近づけるような方じゃない」

「で、でも……」

「俺は亀氏様の診療所で働いていた、ただの平民医師だ。だが勤務態度は悪いが腕がいいと言われていた。そんな俺に濤麗様の専属医師がなぜか声をかけて下さったんだ」

「濤麗様の専属医師……」

そういえば尊武が言っていた。

濤麗には王宮から連れてきた麒麟の医官がいたのだと。

幼い鼓濤を連れ去ったのは、その専属医師だとずっと思われていた。

「彼もまた不思議な人だった。まだ若いのに見事な長い白髪で、彼がいるだけで場が浄(み)化されるような神聖な雰囲気を持っていた。これが麒麟の血筋と言われる人なのだと見惚(と)れたもんさ。濤麗様と二人が並んでいると神界に紛れ込んだ気分になったな」

卜殷が男性に見惚れるなんて初めて聞いた。余程美しい男性だったのだろう。

「白龍(はくりゅう)を思わせる見事な白髪から、みんなは彼のことを白龍様と呼んでいた。俺はその白龍様に、突然濤麗様の診察の補佐を命じられた。だから俺の医師としての腕前を買って下さったのだと思った」

「違ったのですか？」

卜殷は肩をすくめて肯(うなず)いた。

「どういうわけか、生まれたばかりの鼓濤様……お前の子守り役だったのさ。つまり、俺が濤麗様に会ったのは、お前が生まれた後のことだ」

「私の子守り？　乳母がいたのではないのですか？」

玄武公ほどの家なら乳母が二、三人いてもおかしくない。

「名目上、乳母はいたようだが、濤麗様はすべてご自分で世話しておられた。そんな濤麗様をしばし休ませるために、診察と称して付き添った俺がお前の世話をしていた」

「どうして卜殷先生が？」

子守り役なら普通は女性を選びそうなものだ。平民のしかも男性に頼むなんて、玄武公が許すとも思えない。だから診察の補佐と称して部屋に入れたのだろうけど。

「俺もなんで子守りなんだって思ったさ。だが、濤麗様が『どうかこの子をお願いします』なんて麗しい声でおっしゃるもんだから、全力で世話をするしかないだろう」

どうも腑に落ちない。

「その白龍様は、自分が子守りをしようとはしなかったのですか？」

「ああ。なぜなら……」

卜殷は少し言葉を区切ってから驚くべきことを告げた。

「なぜなら、白龍様は盲目だったからな」

「盲目?!」

濤麗と恋仲だとまで噂された医師が盲目とは知らなかった。

「いや、正確には僅かに光の明暗は見えていたようだ。どういういきさつがあって失明したのかは知らない。だが医師免状を持っているという話だったから、免状を取ったあとで視力を失ったのだろう」

「でも専属医師ということは医術もできていたということですか？」

視力のない状態で医術ができるものなのだろうか。

それとも母は……白龍をただそばに置きたくて専属医師にしたのだろうか。

考えたくはないが白龍と二人きりで過ごすために、卜殷を子守りに呼んだのか。

だとすれば……やはりその医師と不義の仲だったという噂は本当になる。

（その人が私の本当の父親？）

だが卜殷は思いがけない言葉を告げる。

「白龍様は俺が今まで出会った中で一番の名医だ。俺など足元にも及ばない」

「卜殷先生が足元にも及ばない？」

滅多に他人の医術を褒めることのない卜殷が、これほど褒めちぎるなんて。

盲目でありながらそんなすごい医術が使えたのか。

しかし卜殷の口から次に飛び出した言葉は、想像もしない単語だった。

「シャーマンだよ、董胡」

「え？」

なぜかここで高原の民の言葉が出てきた。

「もしも本物のシャーマンというのがいるとしたら、白龍様こそが最高のシャーマンだっただろう」

「シャーマン……」

「患部に手を添えるだけで痛みが消えていく。繰り返し患部を撫でるだけでどんな病も癒すことができる。凡人がどれほど努力しても敵わぬ領域だ」

癒しの神通力。

麒麟の血筋だから不思議な力を持っていたのか……。

「俺が子守りしている間、白龍様はひたすら濤麗様を癒していらした……」

「濤麗様は……何か病を患っていたのですか？」

尊武は殺されたと言っていたけれど……。

「病というか……妙な症状だった。毎日違うところが痛みだす。昨日は頭が痛かったのに、今日は右足が痛む。翌日は左手が動かないといった具合だ。あんな奇妙な症状は見たことがない」

「もしかして濤麗様は何か悩み事でもあったのですか？」

心の負担が体の弱いところに移動するという症状はあり得なくもない。

「そうだな……。ひどく悩んでいらっしゃる様子ではあったな」

「それは……私が玄武公の血を引く娘ではないからじゃないのですか？」

突然核心に迫る董胡に、卜殷ははっと顔を上げた。

濤麗は玄武公の正妻として何不自由のない暮らしだったはずだ。

悩みがあるとしたら……玄武公ではなく白龍を愛してしまった苦しみからだろう。

不義の子を産んでしまった良心の呵責（かしゃく）としか考えられない。

その不義の子とは、まさに董胡のことだ。自分のせいで病に苦しんでおられた。

ついに真実を知る日がきたのだと、董胡は固唾（かたず）を呑（の）んで卜殷の答えを待った。

しかし。

「分からねえ……」

「え？」

「そんなことは俺には分からねえ」

「そんな……」

ここまできてそれはないだろうという肩透かしだ。

「考えてもみろ。俺はただの平民医師だぞ？　そんな俺に濤麗様がそんな重大な秘密を話すはずもないだろう。知っているのは白龍様ぐらいだ」

「で、でも……。卜殷先生に私を預けたということは、信頼していたからでしょう？」

信頼していなければ、ただの平民医師に生まれたばかりの娘を預けたりしないはずだ。

「濤麗様が預けたのは白龍様だ。俺は……その白龍様に託された。盲目の自分では守り切れないと。自分が囮になるからこの子を頼むと……」

「白龍様が？　なぜ卜殷先生に？」

医師として信頼していたにしても、血の繋がりもない卜殷を選んだ理由が分からない。

「シャーマンだと言っただろう？　白龍様は目が見えない代わりに、凡人に見えない何かが視えていた。お前が皇帝の后になると予言したのも彼だ。お前を育て、生き延びさせる唯一の可能性を持っているのは俺だと言われたんだ。後で分かったことだが、そのために濤麗様と話し合って俺を子守り役に命じたらしい。そう言われたら、無茶だと思っても受け入れるしかないだろう？　実際に亀氏様達は白龍様が連れ去ったと思い込み、平民の村で暮らす俺に追っ手の目が向けられることはなかった。あの日までは……」

確かに斗宿に落ち着いてからは、長く普通に暮らせていた。

「それに迷っている暇もなかった。なぜならその時には……」

卜殷は言葉を途切れさせ、唇を嚙みしめてから再び口を開いた。

「その時には……濤麗様はもう殺されてしまっていた……」

「！」

やはり濤麗は殺されていた。

それは尊武が告げた話と同じだ。

「誰に……？」

尊武は知らないと言っていた。

卜殷は何か知っているのだろうか。

「分からねえ。俺はその場にはいなかった」

「そんな……」

卜殷に会えばすべて分かると思っていたのに。

「だが白龍様は何か知っているはずだ。濤麗様が殺されたその場にお前を抱いた白龍様も一緒にいたはずだ。目は見えなくとも、何か知っているに違いない」

「その白龍様は生きているのですか？」

「それを確かめるために俺はここに来た。もし白龍様が逃げ延びているならば、この高原にいるんじゃないかと思っていた。高原の民が敬うシャーマンという存在。それにこの地の神獣でもある龍の付く呼び名。ここに白龍様の系譜が繋がっているんじゃないかと思ったんだ。だから、お前が追っ手に捕まることがあれば、青龍の先のこの高原に白龍様を捜しに行こうと思っていた」

「じゃあ、それでこんな山奥で暮らしていたのですか？」

卜殷は肯いた。

「何人かのシャーマンと話をすれば、手掛かりがあるだろうと簡単に思っていた」

「それで何か分かったのですか？」

卜殷は肩をすくめた。

「最初に言った通りだ。シャーマンには山ほど会ったが、どいつもこいつも白龍様の御力とは比べるべくもない偽者ばかりだった。手掛かりになるような情報は何もない」

「そうなのですね……」

董胡はがくりと肩を落とした。

「だが、本物のシャーマンも確かにいる。例えば、この洞窟だ」

「この洞窟？」

「ここは、どうやらシャーマンの仮住まいの場所だったようだ。年に何度か来て、祈りを捧げたり、医術の研究をしたりしていたらしい。古い薬研があった。干からびた薬草も散らばっていた。それにこれを見ろ、董胡」

卜殷は洞窟の壁を指差した。

僅(わず)かな穴から陽射しが入り込んだ壁には、よく見ると一面に文字が彫られていた。

「これは……伍尭國の文字……？」

そこには壁絵と共に、伍尭國の文字が並んでいた。

「高原の民は伍尭國の文字を書くのですか？」

ロー族のゲルでは、文字らしきものは見かけなかったが。

「いや。ここに来たシャーマンに聞いてみても、この文字を読めるやつはいなかった」

「じゃあ……」

「俺はもしかしてここに白龍様がいたのではないかと思った。だから今は使われていないらしいこの洞窟に居座って、壁の文字を日々読み解いていた」

董胡は薄闇に目を凝らして壁の文字を見つめた。

「これは……もしかしてヤルグイ？」

さっきカザルと見つけた薄紫の花に似た絵が描かれている。そしてその横には。

「白頭草。冬明けを知らせる花。六枚ある花弁のようなものは萼片(がくへん)である。全体に白い産毛をつけ、果実の頃には翁(おきな)の白髪のような毛に覆われる。全草に毒あり。腹痛、嘔吐(おうと)、痙攣(けいれん)に至ることもある。根を乾燥させたものは下痢止めに効果あり」

ざっと読んでみただけでも、間違いなく医術の知識がある人の文言だ。

「すごい……。他にもたくさん……」

ヤルグイの隣にも見たことのない高原の花が描かれている。

洞窟じゅうにぎっしりと薬草の知識が書き込まれていた。

薬草好きの董胡にとっては夢のような空間だ。

薬草だけではない。

羊や馬などの家畜の肉や乳汁についても、また虫や鉱物についても病の治療薬として考察されている。

いったいどれほどの時間をかけて、これだけの研究をしたのか。

「では……、白龍様がここに逃げ延びてこの文字を……」

ほとんど盲目の状態でこの文字が書けたのか。

いや壁に彫った文字だからこそ、手触りで読み書きもできたのかもしれない。

「俺も最初そう思ったんだが、どうも違うようだ。この奥の壁に、暦のような数字と大きな出来事が書かれている年表のようなものがあった。その年表の始まりは百年以上も前のものだった」

「百年以上？」

董胡が攫われてから十六、七年だからさすがにあり得ない。

「誰かが書いたものを引き継いだのでは？　どちらにせよ百年以上あるなら、一人で彫るのは無理でしょう？」

「それが……不思議なんだが、全部同じ筆跡としか思えないんだ。だが、百年以上も長生きした人なんて聞いたこともないしな」

「………」

あれ……？　と董胡は思った。

最近百年以上長生きした人の話を聞かなかったか？

「エジド様……」

そうだ。ロー族の先代のシャーマン、エジドは百年以上生きていたと言っていた。

半信半疑だったが、他に考えられない。

「エジド？」

「卜殷先生、その年表はいつで終わっていますか？」

「この年表の数字が伍尭國の暦と違うから不確かだが、おそらく五十年前に起こったといわれる青龍の大地震でこの高原の地も揺れたはずだと考えて……大地震で年代を照らし合わせてみるとだな……たぶん五年ほど前で途切れていると思う」

「五年……」

やっぱり間違いない。

「ここはエジド様の仮住まいだったに違いありません。ロー族の先代のシャーマンです。伍尭國の言葉を話し、部族の人々に教えていたようです」

「ロー族？」

卜殷はここに至って、最初に董胡に尋ねた答えをまだもらっていないことに気付いた。

「お前は、そのロー族って部族にいるのか？　というか、なんで？　お前は皇帝の后になったんじゃないのか？　俺はてっきり男装はやめて貴族の姫君として暮らしているもんだと思ってたんだが……。見たところ以前とあまり変わってないじゃないか」

卜殷の方にも董胡に聞きたいことが山ほどあった。

「あの想い人のレイシ様が皇帝だったのだろう？　王宮で再会してめでたく后になったんじゃなかったのか？　俺は白龍様の予言通りお前は皇帝の后になる道を進んだのだと、これで良かったのだと思っていたのに。違うのか？」

董胡は慌てて訂正する。

「お、想い人だなんて……。わ、私はただレイシ様の専属薬膳師になりたかっただけで」

「は？」

卜殷は呆れたように董胡をまじまじと見た。

「なんだ？　男としては好きじゃなかったのか？　いや、それにしても皇帝の后になってしまったら拒否などできないだろう？　あっ！　そうか！」

卜殷はなにかに気付いたように拳で手の平を叩いた。

「あの男に拒絶されたのか！　斗宿で会った男装の平民小僧だとばれて幻滅されたか！」

すっかり思い至って卜殷は頭を抱えた。

「そりゃそうだな。あの時お前はレイシ様に馬乗りになって、無理やり食事をさせたりしていたもんな。やんごとなき貴人には、そんなじゃじゃ馬娘は無理だったかあ……」

がっくりと盛大にため息をついている。

「男と思い込んでいたのに急に后になりましたなんて言われても無理だよなあ。高貴なお育ちの皇太子様だもんな。思い出さないようにしても袍服に角髪頭がちらつくよなあ」

黙っていれば、ずけずけと人が一番気にしていることを言ってくれる。

「それにしても、あの男も心の狭いやつだな。いくら男勝りのじゃじゃ馬だからって、命の恩人じゃねえか。后としてそこは我慢してだな……多少の愛情を向けてくれてもいいだろうに。器の小さい男だ。見損なったぞ」

しまいには黎司の悪口になった。

「あー、なんてこった。白龍様も皇帝の后になるとまでは予言されたが、寵愛を受けて幸せになるとまでは言ってなかったな。いや、苦難の道だと言ってたか。そういうことか。后として拒絶されて苦難の道を行くということだったのか……」

「いや……。あの……卜殷先生……」

董胡が口を挟む間もなく、勝手にどんどん失礼な妄想を膨らませて、最後に尋ねた。

「それで？　レイシ様に振られて泣く泣く王宮から逃げて来たのか？　それでこんな辺鄙な高原まで流されてきたんだな。かわいそうに」

「いや、言ってませんよ！　勝手に決めつけないで下さい！」

充分ありえる未来ではあるけれど、今のところ黎司に拒絶はされていない。

正体がばれていないこともあるが、黎司は董胡をとても大事に思ってくれている。

「じゃあ皇帝の后が何でこんなところにいるんだよ」

卜殷がそう言いたい気持ちも分かるけれど……。

董胡はかいつまんでこれまでのことを卜殷に話した。

話してみると結構、波乱万丈の日々だった。何度も死ぬような目に遭っている。

今ここに生きている方が不思議なぐらいだ。

白龍様のいう運命は、本当にこんな綱渡りのような道を示していたのだろうか。

董胡が話を進めるにつれ、卜殷は唖然（あぜん）として途中から相槌（あいづち）も打たなくなってしまった。

そして全部聞き終わると、さっきよりも頭を抱えて考え込んでいる。

「お前……何やってんだよ……」

卜殷は大きなため息をついて、呆れたように呟（つぶや）いた。

「だ、だって……私だって突然皇帝の……レイシ様の后だなんて言われても、どうしていいか分からなくて、気付いたらもうとても本当のことを言い出せない感じになってしまって……どんどん嘘が大きくなってしまって……。それに私はてっきり卜殷先生と濤麗様の不義の子だと思ってたんですよ。言えるはずがないでしょう？」

「な！　そんなことを思っていたのか？」

「そうですよ。亀氏様の宮ではみんなそう思っているようでした」

玄武公も華蘭も、今でもそう思っているに違いない。

「いや、こんな酔っ払いの平民男の娘が皇帝の后とは……さすがに俺も申し訳なくて言えなかったかもしれないが……」

卜殷は多少董胡の気持ちを理解してくれたようだ。

「それにしても……楊庵も無事だったんだな。俺は実は一番それが気がかりだったんだ」

楊庵の話に触れた時、卜殷は心底ほっとしていた。

「ええ。今もすぐ近くのロー族のところにいます。今日は人質として残ってもらいましたけど」

卜殷に会いたかっただろうが、楊庵がいたらこれほど突っ込んだ話をできなかったから、人質として残ってくれて良かったかもしれない。

「あいつには気の毒なことをした。俺も追っ手に囲まれて自分が逃げるだけで手一杯だった。董胡は無事だろうと思っていたが、楊庵はどうなったか心配だった」

「楊庵にはまだ私が皇帝の后だとは言えてないんです。皇帝がレイシ様だともまだ」

本当はすべて言ってしまいたいけれど、なぜか今は言う時ではないような気がする。

「そうか……。楊庵には確かにきつい事実かもしれないな」

卜殷は考え込んだ。

「あいつには申し訳ないことをした。そもそも親に捨てられていたあいつを育てることにしたのも、鼓濤様の素性を隠すためだった。子供が二人いれば追っ手の誤魔化しがきくだろうと思ったし、守りやすくなるだろうと思った」

「では私のために楊庵を？」

「ああ。お前は気付いてなかっただろうが、楊庵には幼い頃から董胡を守るのがお前の役割だと言い聞かせてきた。あいつはずっと律儀にそれを守ってきたんだ」

陰でそんなことを言い聞かせていたなんて知らなかったけれど、楊庵は確かにいつだって董胡を守ってくれていた。

「そして俺はお前のもう一つの運命すらも楊庵に背負わせようとしていた」

「もう一つの運命？」

「白龍様が予言した、皇帝の后にならず平穏な人生を過ごす道だ。俺はいつかお前と楊庵が夫婦になって、一緒に治療院をやっていけたら、それが一番いいと思うようになっていた。楊庵はきっとそんな俺の望みを敏感に感じ取っていたに違いない」

「………」

確かに楊庵にはそれに近いことは何度か言われていた。

「あいつは優しいやつだから、そんな俺の秘めた望みも律儀に叶えようと思っていたんじゃないかな。俺があいつの人生に呪縛を与えてしまった」

ふ……と、体の奥からじんわりと温かいものがこみ上げてくる。

酔っ払いの卜殷と、座学が苦手で単純な楊庵。どうしようもない二人の面倒を見ているような気にさえなっていたけれど、守られ愛されてきたのは自分の方だった。

何も知らない董胡を、二人はずっと陰に日向に守り続けてくれていたのだ。

今の董胡があるのは、卜殷と楊庵のおかげだ。感謝してもしきれない。

「楊庵がそれを望むなら……私はそちらの道でもいいと思っています」

それで少しでも恩返しになるのなら……二人の願いを叶えたいと思う。

「それは……皇帝陛下よりも楊庵が好きだということか？」

しかし卜殷は目を険しく細めて尋ねた。

「わ、私の好き嫌いは……関係ありません。私はみんなが一番幸せになれる道を……」

「それじゃあだめなんだよ、董胡」

董胡の言葉を遮り、卜殷が言い切った。

「だめって？　楊庵を選んではだめだということですか？」

「そうじゃねえ」

卜殷は首を振って続けた。

「白龍様は……あの日……濤麗様の返り血を浴びた姿でお前を抱いて俺の家に駆けこんできた。そして……間違えてしまったと……そう呟かれた」

「間違えた？　何を？」

董胡は訳が分からず尋ねた。

「いくつかの不確かな未来が視える白龍様は、きっと濤麗様も鼓濤様も助かる僅かな道を探しておられたはずだ。ほんの些細な一手でも間違えれば道が途切れてしまうような、僅かな僅かな可能性に賭けておられた。しかし間違えたのだと……」

その些細な一手を間違えたせいで濤麗は殺されてしまったということか。

「追っ手が迫っていて何を間違えたのか、何があったのか聞く時間もなかったが、俺にお前を託してこれだけは守って欲しいと白龍様は念を押された」

それは、濤麗が誰に殺されたかを説明するよりも優先すべきことだったのか。

そうまでして、いったい何を守れと卜殷に言ったのか。

「進むべき道を知っているのは、運命を生きる本人だけなのだと。鼓濤様が望む道を決して遮ってはならない。たとえそれが常識を逸脱していようが、到底無理なことに思えようが、大人の判断で望む道を閉ざしてはならないと強くおっしゃった」

「私の……望む道……？」

卜殷は肯いた。

「お前が進もうとする道を遮った時、すべての道は閉ざされる。つまり死が訪れるのだと忠告された。なぜなら、お前はあの日、濤麗様と共に殺されていたはずの運命を逃れ、生き残ることのできる僅かな可能性の道を進む者になったのだからと。それゆえ……俺はお前が男装して麒麟寮に入りたいと言った時も、医師免状を取りたいと言った時も、危険だと分かっていたが止めなかった。お前が心の底からやりたいと決めたことは、どんなことも最後には受け入れると決めていた」

「それで……」

確かに最初は反対していたことも、董胡が必死に頼んだら卜殷は最終的にいつも許してくれていた。

「だから……これから進む道もお前が決めなければならない。誰かのために自分を犠牲にしてとか、自分の心を押し殺してとか、偉い人が命じたからとか、常識だからとか、そんなことは全部取り払って、お前の心の奥の本心が望むことを優先しなければならない。生き残ることのできる道を知っているのは、お前の魂だけなんだ、董胡」

「私の魂……」

考えたこともなかったけれど、董胡は確かにいつだって自分の心に正直に生きてきた。

きっと卜殷がそんな風に育ててくれていたから……。

でも、もう思いのままに生きられる平民の子供ではない。

「そんなことが許されるでしょうか？　私は皇帝の后で、大人の責任もあります」

大人はみんないろんなことを我慢して、自分を押し殺して生きている。

今までは、まだ半分子供気分でできないことはできないと拒絶したりもしたけれど。

「許されなくてもやるしかない。それ以外にお前が生き残る道はないんだ」

「そんな……」

自分が本当に望むこと……。

(私は何を望んでいるのだろうか……)

「例えばお前がレイシ様に本当のことを言えなかったのも、知らずに正しい選択をしていたのかもしれない。真実を伝えるべき時期は今ではないのだと」

たしかに王琳や朱璃に、陛下に本当のことを話せと言われても、どうしても言いたくなかった。自分でも融通が利かない頑固さだと思っても、やっぱりできなかった。

「お前の心がそれを望んでいるのなら、無理に言う必要はない。時期がくれば自ずと伝えたくなるはずだ。后としての忖度も嘘をつくことの罪悪感も気にするな。お前はお前の心が欲する通りに行動するんだ。それ以外に進むべき道はないのだと覚悟しろ。そして自分の内なる声を信じろ」

「私の内なる声を……」

「お前がどうしてもレイシ様の専属薬膳師になりたいなら、その方法を全力で考えてみろ。その道が見つからず、やっぱり皇帝の后になりたくないのであれば、逃げるのもいいだろう。その先でもし楊庵と夫婦になりたいと思うならそれもいい。その時は……俺もここを出て、昔のように三人で治療院をやるのもいいかもしれないな……」

卜殷は諦めていた夢を思い出すように遠い目で告げる。

「まだこの洞窟に一人で暮らすつもりですか？　ここに白龍様がいないなら、私と一緒に伍尭國に戻りましょう、卜殷先生。玄武公の目の届かないところで暮らせるように、私がなんとかします」

「…………」

卜殷は少し考えてから、ゆっくり首を振った。

「いや……もうしばらくここで白龍様を捜してみようと思う。そのロー族のエジドってやつみたいなシャーマンが他にもいるかもしれない。それにこの洞窟に彫られたものをもう少し解読したい。斗宿から持ってきた紙に洞窟の文字を書き写しているんだ」

卜殷は文机のような岩の上に雑多に置かれた紙と筆を指差して見せた。

ここで、エジドの記した文字を書き写して日々を過ごしていたらしい。

確かに董胡も時間があれば、これだけの生薬の知識が彫り込まれた洞窟を調べてみたいという好奇心はある。卜殷の気持ちも分からなくはない。

「そうだ。白紙なら私も持っていますよ。それから少しですが白い食べ物と赤い食べ物もあります。サーヤに頼まれて紫根も持ってきました。紫根と卜殷先生の紫雲膏がロー族のゲルにあったから、先生がいると気付いたのです」

董胡は懐からサーヤに持たされた紫根と革袋を取り出した。

「おお。ありがたいな。ちょうどできたばかりの紫雲膏があるから代わりに持って帰るといい。もっとも玄武で作っていたものとは少し成分が違う。豚の脂を使っていたが、ここには豚はいないからな。羊の脂で作っているが、まあ効き目はほとんど変わらない」

卜殷は洞窟の奥から小さな革袋に入った紫雲膏を取ってきて渡してくれた。

「そういえば卜殷先生はロー族のロサリの病を診たのですよね？」

「ロー族か……。いろんな部族のやつが来るから、実はよく覚えてないんだが」

「首に腫れがあります。私と楊庵で沃の不足が原因ではないかと、鹿尾菜を食べさせてみているのですが……」

「ああ……首の腫れか。そういえば少し前にそんな症状の子供が来たな。やせ細っているわけでもないのに、ひどく体力がなくて男に背負われてきた」

「先生は治せないと答えたそうですが……」

卜殷は肩をすくめて自分の薬籠を開いて見せた。

「この通り、斗宿から持ってきた生薬はほとんど使い切ってしまったからな。まだ作ることができるのは代用品を使った紫雲膏ぐらいだ。最近は怪我の治療以外はほとんど治せないと断っている。もう少し暖かくなったら、この洞窟に描かれている薬草を探しにいってみようかと思っているが」

「だったら、私の薬籠に入っている生薬を使って下さい。残り少ないものもありますが、全然使ってないものもありますから」

菫胡は自分の薬籠を開いて、引き出しから生薬を取り出した。

「おお！　当帰があるな。甘草もあるじゃねえか。桂皮に葛根！　ありがてえ」

卜殷は久しぶりに見る豊富な生薬に目を輝かせた。そして。

「ん？　その高そうな組み紐で綴じた書物はなんだ？」

大事に挟んであった『麒麟寮医薬草典』と書かれた書物に目を移した。

「これは……レイシ様に褒美で頂いた医薬草典です」

「ちょっと見てもいいか？」

菫胡が肯くと、卜殷は熱心に医薬草典をめくって眺めている。

「こいつはすげえな。玄武貴族の診療所にも、これほど丁寧な医薬草典は置いてねえぞ」

「はい。麒麟の神官様が長年かけて集められた知識が詰め込まれています」

「これを……あいつが……いや、皇帝陛下様がお前に下さったのか？」

「はい」

「ふ……ん……」

卜殷は意味深に鼻を鳴らして、にやりと微笑んだ。

「なんだ。大事にされてるみたいじゃねえか、皇帝陛下様に」

「レ、レイシ様は誰にでもお優しい方ですから」

菫胡は少し赤く染まった頰を隠すように俯いて答えた。

にやにやと笑っている卜殷が気まずい。

「そ、それでロサリの病のことですが……」

菫胡は誤魔化すように慌てて話題を元に戻した。

「沃の不足というのがよく分からないのですが、なぜ沃が不足すると首が腫れたり、ロサリのような症状が出たりするのでしょうか？」

鹿尾菜が効くらしいと食べさせてはいるが、病になる原因がまだ分からない。

「それはだな……」

卜殷なら知っているだろうと、それもあってここまで来たのだ。しかし。

「分からねえな。俺もそんな病は聞いたことがねえ。首が腫れる病は診たことがあるが、あの子供とは真逆の症状だ。どちらにせよお手上げだから治せないと答えたんだ」

「そうなのですか……」

せっかくここまで来たのに、ロサリの病については分からなかった。

ロジン達になんと言おう。何の成果もなかったと知れば、エジドが大騒ぎしそうだ。

困った。

だが、その時。

「こっちだよ」

いつの間に起きていたのか、カザルが董胡達の前に立っていた。

「カザル、起きたの？」

しかし質問に答えることもなく、董胡の袖を引っ張っていく。

「え？　ちょっ……。カザル。どこに行くの？」

カザルは知っている場所のように寝床とは別のもう一つの穴部屋に連れて行く。

「そっちはまだ使ってねえから何もねえぞ」

卜殷は言いながら董胡に向かって首を傾げた。

それでもカザルは気にすることなく董胡を連れて行くと、壁の一箇所を指差した。

「これだよ」

「これって？」

この穴部屋の壁にも所狭しと文字と絵が彫られているようだが暗くて見えない。

その暗闇の一部をカザルは迷いなく指差していた。

「ちょっと待ってな」

卜殷は洞窟の入口で素早く火をおこし、手燭の明かりを持ってきてくれた。

明かりをかざして見てみると、何かの絵と説明文が書かれている。

「これは……」

羊の顔のような絵だ。その首の部分に蝶のような形が描かれて「癭」と書かれている。

その横に症状が挙げられていた。

「気癭？」

癭は瘤のことで、気癭とは首の瘤のことだろう。

「徐脈、動作緩慢、意欲低下、浮腫み、脱毛、皮膚の乾燥、物忘れ……」

まさにロサリの症状そのものだ。

「沃の不足により癭（甲状腺のこと）の機能不全が起こり肥大する故なり」

沃は癭が働くために必要な成分のようだ。成分が足りないままに無理に働こうとするから肥大してしまう。ついには癭が機能不全を起こして様々な症状が現れるのだ。

「治療は海産物の摂取。低地の海から採れる魚、昆布、海苔、鹿尾菜など」

どれも高原では手に入らないものばかりだった。卜殷が肯いた。

「伍尭國では誰もが普通に食べている食材だ。だが伍尭國でも気癭の症状はたまに見かけた。しかし頻脈、動悸、息切れ、発汗、体重減少など真逆の心肝火旺の症状だ。俺はいつも対症療法として清熱の生薬を出していた。玄武の診療所でも病の原因はずっと謎だとされてきた。対症療法で様子をみるしかなかった」

「もしかして伍尭國の気癭は、醫の機能が逆に暴走することによって引き起こされていたのかもしれませんね」

そう考えると、同じように首が腫れても真逆の症状になることも納得できる。

「でも他の部族や大人達はあまり症状がないようですが、どうしてロー族の子供だけに症状が出たのでしょう？」

それとも他の部族も気付いていないだけで、多少の症状があるのだろうか。

「そうか。これだ！　董胡」

卜殷はさらに下に書かれた文字を読んで叫んだ。

「羊醫、鹿醫などを食することで大いに改善される」

卜殷の読み上げた文言を聞いて、董胡もはっと気付いた。

「そうか。家畜の醫を食べるのか。醫を食べる習慣がない部族は沃の不足になるんだ」

ロー族などは、大人だけが食べていたのかもしれない。

納得する董胡の手を、カザルが正解だとでも告げるようにぎゅっと握った。

「ロー族は今までエジド様が神の実を食べさせていたから気癭にならなかったんだよ。ロー族に大柄な大人が多いのもそのお陰だよ。他の部族は低地から強奪したり取引きしたりした食料で気癭になるほどの沃不足にはならなかったけれど、充分ではないんだ。だからあまり背が伸びない部族も多いんだよ」

「カザル……」

すべて知っていたようにカザルが告げる。

これを知らせるために、カザルは……ローの神は董胡をここに導いたのだ。

「なんだ、この坊主。子供のくせにやけに物知りだな」

卜殷が怪しむようにカザルを見つめた。

「ううん。カザルじゃないんだよ。ローの神が教えてくれたんだ。そうだよね？」

董胡はもう疑わなかった。カザルにはローの神の声が本当に聞こえているのだ。

カザルは董胡を思慮深い瞳でじっと見つめ、にっこりと微笑んで告げる。

「董胡。もう帰らないとゲルに着く前に日が暮れてしまうよ。夜はローの神の加護が薄くなる。答えを得たなら、すぐに出発しよう」

「そ、そうだね。すっかり長居をしてしまった」

無駄足だったかと思われた仙人窟への旅だったが、思いのほか有意義なものだった。

カザルの病の原因も、治療法も分かった。

そして卜殷に会えて、董胡の生い立ちのすべては解明されなかったけれど、何かとても大事なものを得られたような気がする。

「もう帰るのか。だがそうだな。高原の夜は危険だらけだ。早く帰った方がいいな」

卜殷は少し残念そうに肯いた。

「白紙と生薬を置いていきます、卜殷先生。無事青龍に戻れたら、知り合いに頼んで先生に必要な物資を定期的に届けられるようにしますから」

董胡は自分の薬籠から、ほとんどの生薬を卜殷の薬籠に移した。

「僕が酒呑先生のところに届けてあげるよ。ローの神が助けてくれるって」

カザルが頼もしいことを言ってくれる。

「おお。なんか分かんねえが、董胡も坊主もありがとうよ。助かるよ」

せっかく再会できたのに、すぐに別れの時間になってしまった。

「卜殷先生、気が済んだら伍尭國に戻ってきて下さいね。もしもの時は角宿にいる伯生先生か拓生を訪ねて下さい。信頼できる人達です。先生のことを伝えておきます」

卜殷は洞窟の出入り口まで見送りに出た。

明るい陽射しの下で見ると、熊のような勇猛な姿だが以前より少し痩せた気がする。

「董胡。言い忘れていたが……」

卜殷は最後に少し躊躇いながら告げる。

「もしも白龍様を捜そうと思っているなら……俺はこの高原以外にもう一つ目星をつけていた場所があるんだ」

「もう一つ？　そ、それはどこですか？」

驚いて尋ねる董胡に卜殷は思いがけない場所を告げた。

「白虎だ」

「白虎？」

白虎にいる可能性はまったく考えていなかった。

「白龍様が身につけていらした瑪瑙の浮き彫り装飾の帯飾りのことを、濤麗様がお尋ねになっていたことがあった。その時、白虎の友人がくれた渡来品だとおっしゃっていた」

「白虎の友人？」

「白虎の麒麟の社で神官をしている友人がいるのだと……」

「麒麟の社の神官様……」

麒麟の社は、これまでの経験から皇帝の密偵が潜む場所という印象だったが。

本来は、神官が土地の平和を願って祈りを捧げる場所だ。

麒麟の血筋の者ならば、社に暮らす神官とも密接な繋がりがあるのかもしれない。

「その神官の友人が白龍様を匿っているのかもしれないと思ったが……玄武公もその可能性は考えて捜したはずだ。それで見つからなかったのだから、俺は高原だろうと思ったんだが、うまく身を隠している可能性もないわけではない」

「白虎に……」

出来ることなら会って話してみたい。

そんな董胡の気持ちを感じ取ったのか、卜殷は困ったように続けた。

「いや、会いにいけというつもりで言ったわけじゃないからな。勘違いするなよ。一応知っていることは伝えておこうと思っただけだ。俺としてはこれ以上無茶なことはせずに大人しく皇帝のお后様をやってて欲しいんだが……」

卜殷は余計なことを言ってしまったかと頭を抱えてから、真面目な顔になって告げる。

「俺はお前が皇帝の后になろうが、楊庵と夫婦になろうが、どっかで薬膳師をやってようが何でもいいんだ。ただ……幸せに生きてくれればいい。お前も楊庵も」

「卜殷先生……」

「ふ……こんな酔っ払いでどうしようもない養父だが、赤子の頃から育ててきたんだ。親らしい気持ちも多少は芽生えたのさ。親が望むことなんてみんな同じだ。結局は子供が元気に笑って暮らしていれば、それが最大の喜びなんだろうさ」

医師見習いの董胡と楊庵には厳しかった卜殷だが、医術の知識は惜しむことなく与えて、自由に真っ直ぐに育ててくれた。育てる義務も血の繋がりもない董胡達を。

どれほど感謝してもしきれない。

「私は……卜殷先生に育てられて……幸せでした。ありがとうございました」

改めて思う。白龍が卜殷を選んだのは正しかったのだと。

卜殷はくしゃりと歪めた顔を隠すように後ろを向いた。

「さあ、湿っぽいのは苦手だ。さっさと行け。ぐずぐずしてたら本物の熊に出くわすぞ」

しっしっと後ろに回した手を追い払うように振る。

その背にしばし深く頭を下げてから、董胡は洞窟を出た。

溢れる涙をぬぐう董胡の手を、カザルがしっかりと摑んでくれた。

そうして険しい崖を登り、日が暮れるギリギリ前にロー族のゲルに帰ることができた。

九、高原の薬膳料理

董胡たちが仙人窟から戻った翌日。男達は近場で放牧を済ませて昼過ぎにはゲルに戻ってきた。

楊庵はたった一日で馬を上手に乗りこなせるようになって、すっかりロー族の男達に気に入られ今日も放牧に連れていかれていた。

早々に戻ってきたのは、これから羊を一匹屠るからだ。

高原の民にとって家族のように大切な家畜をこの時期に屠るのは、よほど大切な賓客をもてなす時ぐらいだという話だったが、ロサリの病に羊の醫が必要だと董胡が告げると、羊を一匹解体してくれるということになった。

冬越しのために蓄えていた干し肉もそろそろ底をつき、ハウルジャの男達も赤い食べ物に飢えていたこともあって、案外簡単に了承してくれた。

そこで董胡は羊の肉を使った伍尭國の薬膳料理をご馳走することにした。

大切な命を頂くのだから、どうせなら美味しく調理してみんなに食べてもらいたい。

食料庫になっているゲルから食材を運んでいると、人だかりが見えた。

ゲルに囲まれた広場では、放牧から帰ってきた男達によって羊の解体が行われようとしているようだ。

「おい、お前。やってみるか？」

楊庵がウリに声をかけられている。

「い、いやいいよ。俺は命を奪う方じゃなくて助ける方が性に合ってるんだ」

楊庵はぶるぶると首を振っている。

「ふん。聖人ぶったところで食ってるなら一緒だろうが」

「低地の男は情けないな。羊の解体もできないのか」

「う、うるせえよ」

さんざんに言われているが、なんだかすっかり打ち解けている。

楊庵は昔から誰にでも可愛がられる性分だった。

単純でいきがっていても憎めなくて、なぜか構いたくなる気持ちは董胡もよく分かる。

青装束のエジドが連れて来られた羊に手をかざし、何か祈禱（きとう）のようなものを唱えている。ローの神の許しを得て、家畜の命をもらい受けるシャーマンの儀式なのだろう。

それが終わると、いよいよ解体作業だ。

「見てな。鳴き声ひとつ上げさせずに安らかに屠るのが俺達の流儀さ。そして一滴の血ですらも大地を穢（けが）さないんだ」

ウリとウレが二人がかりで羊をおさえ勢いよく首の骨を折ると、仰向（あおむ）けにして腹を切り裂いた。その間、本当に羊は鳴き声も上げず、血が吹き出ることもない。

そしてウレが切り裂いた腹に手を突っ込んで完全に息の根を止めたようだ。

遠目に眺めただけだが、残酷な感じがなかったことが幸いだった。

さらにすばらしい手際で毛皮を剝いだと思うと、腹を開いて内臓を取り出し、腹の空洞に溜まった血をすくって桶に入れている。すべてがあっという間だった。

そばにいた別の男達は取り出した内臓で腸詰を作っている。

腸詰料理は話に聞いたことはあるが、見たことはない。

伍尭國では、そもそも動物の内臓を食べる習慣があまりない。

だが食材の乏しい高原では、内臓も大切な栄養源だから無駄にはできないのだろう。

「おい、楊庵。これを食ってみな。生のままが美味いんだ」

ウリが赤々とした内臓を切り刻んで楊庵にひとつまみ渡している。

「先代のエジド様が肝の臓だっておっしゃってた。体にもいいらしいぜ」

董胡は恐ろしいものを見るように眺めていたが、楊庵は好奇心からか、こわごわ受け取ってぱくりと食べた。そして目を見開く。

「お！　うめえ。ここで出されたもんの中で一番うめえよ」

意外にも美味しいらしい。

「お前、いちいち失礼なやつだな。白い食べ物も美味いだろうが。お？」

ウレは遠目に眺めていた董胡に気付いたらしく、手を振った。

「おお！　先生。いいところに来た。あんたも食いな。うめえぞ」

「い、いえ……。私は結構です」

「なんだよ。好き嫌いしてるから、そんなひょろひょろの女みたいな体なんだぞ」

董胡はぎくりとしたが、別に女と疑っているわけではないようだ。

「まあ、いいや。これをロサリ様に持っていってやってくれ。それから、これがなんだっけ、膺とかいうやつだろ？　新鮮なうちに食べさせてやってくれ」

男は洞窟の絵で見たとおりの蝶のような形をした肉片を手に持っている。

思ったよりも大きい。

「そ、そんなにたくさんはいりません。大人達も沃が不足しているでしょうから、ここにいる全員が一口ずつ食べるようにして下さい」

「こんな美味くもない内臓がそんなに大切な栄養だったなんてな。子供は好き嫌いがあるから個人差が出たんだろうな」

内臓が苦手で食べなかった子供は、ロサリのように強い症状が出たようだ。

董胡は膺と肝の臓を少し分けてもらってサーヤのゲルに持って帰った。

膺は三つに分けて、サーヤとカザルにも食べさせる。

そして残った一つを器に載せてロサリのところに持っていってもらった。

食材の鹿尾菜で沃を補うよりも、膺そのものから栄養素を補った方が効果は絶大なはずだ。そう信じて祈るしかない。

夕暮れが近付いた頃、ゲルの広場に見張り番以外のロー族の人々を呼び集めた。

真ん中にたき火を囲み、少し早い夕餉を振る舞うことにする。

お頭のロジンが真ん中に立って、はじまりの音頭をとってくれた。

「みんな、ハウルジャでの暮らしにも少し疲れてきた頃だろう。今日は低地からきた医師先生が珍しい薬膳料理というやつをご馳走してくれるそうだ。体にいい薬が入っているそうだから、多少口に合わなくても文句を言わず我慢して食うんだぞ」

音頭をとってくれるのはありがたいが、なんかちょっと失礼だ。

薬膳と聞いて最初からまずいと決めつけているらしい。

「なんだよ、久しぶりの新鮮な赤い食べ物なんだから美味しく食いてえよ」

「料理にわざわざ薬を入れなくたっていいだろうに。余計なことをしないでくれよ」

一部の男達がぶつぶつ文句を言っている。

「おいおい、文句を言うなって言われたばかりだろうが」

「食いたくないやつは食うな！」

「い、いや、食うよ。これを逃したら当分新鮮な肉は食べられないんだからさ」

文句を言っていた男達は余程新鮮な肉に飢えているのか、慌てて大人しくなった。

なんだか仕方なく食ってやる感があちこちに漂っていて居心地が悪い。

「おいふざけんな、てめえら。菫胡の料理は滅茶苦茶美味いんだぞ。食べて驚くなよ！」

楊庵が男達の発言に憤って言い返してくれた。

「怒るなって小僧。ちゃんと食ってやるからさ」

「高原の男は少々まずくたって有る物は食うさ。心配すんなって」

なぜか楊庵が慰められて納得のいかない顔になっている。

まあいつものことだと、董胡は気を取り直して口を開いた。

「まずは皆さん、羊の醤は全員食べましたか？」

そのために大切な羊を屠ったのだから、確認しておかなければならない。

「おお、食ったぜ。ほんの一口だけどな」

「内臓は二日以内に食わねえと腐るからな。いつもすぐに食ってるよ」

全員が肯いていることを確認して、一番の大仕事を終えてほっとする。

「これからも醤は部族全員で分けるようにして下さい。ローズランに残している女性や子供達にも戻ったら必ず食べさせるようにして下さい。特に喉元の腫れている子供は、なるべく早く食べさせた方がいいでしょう」

董胡が言うと、男達は顔を見合わせた。

「喉元が腫れてたっけな。毛皮の襟巻で隠れてて見てないな」

「でも最近、うちの坊主も元気がないと思ってたんだよな」

喉元の腫れに気付いてはいなかったようだが、異変を感じている者はいたようだ。

「この高原では沃という栄養素を摂る食材がなく、それによってロサリ様と同じような病を発症するのです。目立つ症状としては、背の伸びが悪い、動作の緩慢、寝起きが悪いなどがあります。更に病が進むと皮膚が乾燥して毛が抜け、浮腫んだり声が嗄れるなどもあります。やがて起き上がることも辛く、物忘れなども出てくるでしょう」

董胡が症状を詳しく説明すると、男達はざわついた。

「そ、そういえば俺のせがれは少し前から背が伸びなくなったんだよな」

「俺の息子も最近寝てばかりいる。怠けずに家の仕事をしろって怒ってたんだが」

「うちの娘は薄毛を気にしていたんだ。まさか病気だったのか……」

よくよく聞いてみると、それぞれに思い当たる症状はあるようだ。

病が進めば、いずれはロサリと似た状態になっていたかもしれない。

「じゃあ醫を食べさせれば良くなるのか？」

「本当に元気になるのかよ」

そう断定されると、董胡だって初めての症例なので分からない。

「伍尭國では聞かない病なので、どれぐらい症状が改善されるかは分かりません。でも、たぶん少しずつ良くなってくると思います」

「なんだよ、それ。醫を食えばすぐ治るんじゃねえのかよ」

「治らなかったらどうなるんだ？　ロサリ様のように寝たきりになるのか？」

みんなロジンと同じで、医者もシャーマンのように劇的に治せると思っているようだ。

そんな男達の不安の声に被せるようにエジドの高笑いが響いた。

「ははは。それ見ろ。やはり私の言った通りだろう。こんな怪しい者の言葉を信じてはならない。肉に飢えた男達に食べる口実を与えて機嫌を取り、誤魔化すつもりなのだ。この者の言うことはすべて嘘だ。薬膳料理などと称して毒を混ぜ込んでいるに違いない。この者の料理を食べてはならぬとローの神が仰せだ」

「な！」

いまだにエジドは董胡を悪者にして始末したくてしょうがないらしい。

「てめえこそ嘘ばっかり言ってんじゃねえぞ、おっさん！」

青ざめる董胡の代わりに、気の短い楊庵がいつもの調子で怒鳴り返した。

「なんだと。この不敬な小僧が！　ローの神が激怒しておられる。この者を始末しろ！」

エジドは険しく顔を歪め、憎々しげに楊庵を杖で指し示し命じた。

だが楊庵も負けていない。

「ふん。神様ってのは人を始末しろなんて言わねえもんだ。あんた本当にローの神の声が聞こえているのかよ。あんたこそ嘘っぱちだろう」

「な、なんだとっ!!　誰か早くこの無礼者を縛り上げろ！　何をしている、皆の者！」

だが、男達は顔を見合わせ戸惑いの表情を見せる。

楊庵とも多少気心が知れた仲になり、誰も縛り上げる気にはなれないようだ。

エジドに命じられれば、いつもは立ち上がって応じようとしていたロジンの側近達も今日は静観している。先日のカザルの言葉が効いているのかもしれない。

先代のエジドを殺したのはこの男だという、あの言葉が……。

「く……。お前達……。私の命令が聞けぬというのか……」

エジドはさっぱり動かない男達に拳(こぶし)を握りしめた。

「私がいなくなってもいいと言うのか？　シャーマンのいなくなった部族は神の加護を失い崩壊するのだぞ。それでもいいのか？」

そう言われると不安になるのか、男達は困ったように顔を見合わせている。だが。

「大丈夫です。ローの神はエジド様がいなくなっても我々を見捨てたりなど致しません」

董胡の背後から高らかに宣言する力強い声が響いた。

はっと全員が声の方を見つめる。

そこにはサーヤに支えられたロサリが立っていた。

「ロサリ様だ」

「歩けるようになったのか」

「ハウルジャに来た時よりずいぶん顔色が良くなっているぞ」

男達は驚いた顔でざわざわと話している。

「ロサリ……」

ロジンが凛(りん)とした声を響かせるロサリに目を細める。

「董胡先生の治療が効いているかどうか、それが一番分かるのは僕です。この通り、日に日に体が軽くなり、気力が湧いてくるのを感じます。今までぼんやりしていた頭の中がすっきりして、今は一日も早く体力を取り戻し、馬に乗りたいと思っています」

ロサリの頼もしい言葉に男達が喜びの表情を浮かべた。

「おお。まさしく以前のロサリ様だ」

「誰よりも聡明なロー族の跡継ぎ、ロサリ様だ！」

わっとみんながロサリの周りに集まって復活を歓迎している。一人を除いて……。

エジドは喜びに沸く人々に、性懲りもなく先日と同じ言葉を繰り返した。

「ロサリ様が元気になられたのは私の長い祈りがようやく通じたからだ！　ロサリ様は低地の者に言いくるめられて勘違いしておられる。これはローの神への冒瀆だ。失望しましたぞ、ロサリ様。私はもうこのような浅はかな人々のためにここに留まる気持ちもなくなりました。私が去った後、そなたらはローの神の天罰が下るのを待つがいい」

エジドは人々に杖を向け呪いの言葉を投げかけた。男達は再び不安を浮かべる。

シャーマンを深く信奉する人々は、エジドの言葉にどうしても動揺してしまうようだ。

しかしロサリは穏やかに答えた。

「あなたが出ていくと言うならそうなさいませ、エジド様。僕は引き留めません」

「な！」

慌てて引き留められると思っていたのにあっさり受け流されて、エジドは青ざめる。

「ロー族がどうなってもいいのか！　あなたはそれでも部族の跡継ぎか！」

むきになってロサリを糾弾する。しかしロサリは落ち着いていた。

「ロー族の未来は心配いりません。なぜならロー族にはすでに次代のシャーマンがちゃんと育っていますから」

「な！　なんだと？」

思いがけないロサリの言葉にエジドばかりか、ロジンをはじめとした男達も驚く。

「シャーマンが育っているだって？」

「いったい誰のことだ？」

「まさかロサリ様が？」

しかしロサリはにこりと微笑んで答えた。

「僕ではありません。カザルですよ」

「カザル?!」

男達全員があまりに意外な名前に唖然とする。そして再び高笑いが響いた。

「は、ははは！　何を言い出すのですか、ロサリ様。カザル？　まだ放牧にも行けない子供ではないですか！　やはりロサリ様は病のせいで冷静な判断ができなくなっておられるようだ。皆の者も分かっただろう。どちらが間違っているのか」

男達もさすがにカザルはないだろうと言葉を失くしている。

菫胡は昨日戻ってから、サーヤに仙人窟でのカザルの様子を話していた。

カザルにはローの神の声が聞こえているようだと。そうとしか説明のつかないことがたくさんあった。サーヤには知らせておくべきだと思ったのだ。

サーヤはきっとロサリにその話をしたのだろう。

まさかいきなりここでロサリが発表するとは思わなかったが、話してしまった責任を感じてしまう。だから董胡は慌ててロサリを援護した。

「カザルは本当にローの神の声を聞いていました。だから昨日も迷わずに仙人窟に辿り着き、ロサリ様の病の原因も見つけることができたのです。本当です」

しかしエジドはすっかり優勢になって反論した。

「ふん！　よそ者の言葉などなんの証明にもならぬわ！　そんなものを鵜呑みにして騙されているロサリ様もどうかしていますがね」

「で、でも本当に……」

だめだ。董胡だってまだ半信半疑なのに、みんなが信じてくれるわけがない。

まだみんなに話すのは早過ぎた。

もっとはっきりした確証を得て、ロジンを納得させてから発表するべきだった。

言うべき時を間違えた……と董胡は思った。しかし。

「カザルがシャーマンである証明ならできますよ」

「え？」

董胡は驚いてロサリを見た。エジドをはじめとした男達も怪訝な顔をしている。

「カザル。出ておいで」

ロサリが背後に呼びかけると、ゲルの陰に隠れていたカザルが現れた。

カザルだけではない。カザルと共に信じられないものが姿を現した。

「な！　あれはまさか!!」

ロジンをはじめとした男達が驚愕の表情でカザルの連れているものを見つめている。

「信じられない。本当なのか？」

「え？　どういうこと？」

董胡も驚いて、カザルとその両脇に従えたものを見つめた。

カザルの両脇には二頭の仔馬が寄り添うように歩いていた。

そのまだ短い鬣はまばらに青く染まっている。

それはまさに、カザルと董胡がチャツァルガンの青い実を食べさせた仔馬達だ。

「あれは……アズラガ（青鬣馬）……」

「この五年、どれほど望んでも生まれなかったアズラガだ！」

「しかも二頭もいるぞ！」

男達は待ち望んだ青鬣馬の登場に驚愕して目を輝かせた。

「こ、これが……誕生したばかりの青鬣馬……」

エジドも目を見開いて二頭の馬を見つめている。

「ゆうべ仙人窟から戻ったカザルが僕のところにきて予言しました。明日、アズラガが二頭誕生するだろうと。そしてついさっき、この二頭の鬣が青く染まり始めていることに気付いたのです。アズラガの誕生の予言。これぞまさしくロー族のシャーマンである証です。違いますか？　父上」

ロサリが真っ直ぐにロジンを見つめ、尋ねた。

ロジンはカザルと二頭の仔馬に視線を移してから、納得したように深く肯く。

「まさにロサリの言う通りだ。先代のエジド様はいつもこのハウルジャでアズラガの誕生の日を予言された。これこそがロー族のシャーマンの証だ！」

ロジンが宣言すると、男達が「おーっ！」と喝采の拳を振り上げた。

「子供だと疑って済まなかった、カザル！」

「お前の両親は先代のエジド様の世話係だった。死の瞬間までお側にお仕えした者の息子であるカザルにシャーマンの力が宿るのは、むしろ自然なことじゃないか」

「サーヤ、カザル。お前達を追放しなくて良かった。俺達を許してくれ！」

「カザルこそが我らロー族の救世主だ！」

男達は口々にカザルを讃え、膝をついて頭を下げシャーマンへの礼を捧げる。

サーヤは涙を浮かべ、支えていたロサリと微笑み合った。

もうこれでサーヤ達姉弟を追放しようとする者はいないだろう。

サーヤとカザルはロー族の中に確実な立場を得たのだ。

董胡はほっとして、胸を撫でおろした。

そんな董胡にロサリは視線を向け、深々と頭を下げて告げる。

「董胡先生。このアズラガの一頭は先生に捧げるものだとカザルが申しています。ロー族を救ってくれた先生へ、ローの神の祝福なのだそうです。どうか受け取って下さい」

「え？　私がこの馬を？」

そういえば、青い実を食べさせた時もカザルがそんなことを言っていたが……。

「で、でも私は馬に乗れないし……」

董胡がもらっても宝の持ち腐れのような気がする。

この冬山を下りるだけでも一苦労なのに、仔馬を連れて角宿に戻るのは大変そうだ。

「ロー族にとって重要な馬なのでしょう？　もらえませんよ」

気持ちは嬉しいが遠慮したい。

しかしカザルは、またあの大人びた目になって告げる。

「受け取らないとだめだよ、董胡。たぶんすぐに必要になるから」

「必要になる？　私に青鬣馬が？」

これまでの人生で馬が必要だと思ったことはないが……。

「低地に帰る時は私が仔馬を連れて道案内するから、もらっておきなよ、董胡」

サーヤが言う。

「ローの神のお告げには従うべきだ。連れて帰るがいい」

ロジンも肯いた。

「そうだとも。なんだかんだ言って、あんたが来てから、ロサリ様も元気になって、新たなシャーマンも現れた。あんたのお陰かもしれない」

「遠慮なくもらってくれ」

ロー族の男達に言われ、董胡は困惑しながらも受け入れることにした。

「わ、分かりました。ではお言葉に甘えて、もらい受けます。ありがとうございます」

だが一人だけ、納得していない者がいた。

「ま、待て！　そのアズラガは、私がローの神に祈りを捧げて授かったものだ。私はカザルより先にアズラガが誕生することを分かっていたのだ。その仔馬は私のものだ！」

エジドはこの期に及んでも、まだすべては自分の祈りのお陰だと言い張った。

「不敬なお前たちに失望して部族を去る私のために、ローの神が用意したものだ！　そのアズラガは私がもらい受ける！」

董胡の青驄馬に伸ばそうとするエジドの手を、ロジンが払いのける。

「この馬は董胡先生のものだ！　もうあんたの言葉など、誰も信じない！」

「な、なんだと！」

ロジンの言葉に勇気を得たように、他の男達も口々に呟く。

「俺も本当はずっとおかしいと思ってたんだ」

「いきなりサーヤ達を追放しろなんて言うしな」

「先代のエジド様はそんな無慈悲なことをおっしゃる方ではなかった」

「ローの神の奇跡も、言われてみればばっていうようなことばっかりだし」

「神の実だけは豪華だったが、他の部族と取引きして羊と交換したなら、手に入りそうな物だしな」

「そういえばカザルが先代のエジド様を殺したのはこの男だって告げたそうじゃないか」

「なんだって⁉　それは本当なのか！」

男達全員がエジドに憎しみの目を向ける。

「まさか……。先代のエジド様を殺して、ロー族に入り込んだのか……」

「エジド様の魂を引き継いだなんて大嘘をついて……」

じりじりと迫りくる男達にたじろいだように、エジドは後ずさりする。

「ち、違う……。お前達はこの私よりも、そんな子供の言う戯言を信じるのか！」

必死に言い繕うエジドを追い詰めるように、さらに男達が迫る。

「もう騙されないぞ！　本当のことを言えよ！」

「何を企んでロー族に入り込んだ！　言ってみろよ！」

「ひっ！」

エジドは後ずさりしながら男達の剣幕に青ざめた。

「も、もう勝手にするがいい。私はこんな愚かな部族など捨ててやる。この報いは必ず受けるぞ！　ロー族はもう終わりだ。今に見ているがいい！」

捨て台詞を吐くと、慌てて踵を返し、一目散に逃げていった。

その情けない後ろ姿を見送りながら、ロジンをはじめとした男達はため息をついた。

「なぜあんな情けない男の言葉を信じてしまったのか」

「先代のエジド様が偉大な方だっただけに、我らはシャーマンに頼り過ぎてしまった」

「エジド様の復活を願うあまり、あの男の嘘を信じたかったのだろう」

「信じるべきは亡くなったエジド様ではなく、ローの神であったはずなのに」

しみじみと反省している。

確かにこの五年、偽者のエジドに振り回された日々だったのだろう。

けれど、ローの神は見捨てず見守り続けてくれていた。

だからこそ、カザルがシャーマンの力を授かったのだ。

これからも、きっとロー族は青鬣馬を育てる幻の部族として発展していくことだろう。

「さあ！　もう過去の反省はそのぐらいにして、今を楽しみましょう。まずは、私の薬膳(やくぜん)料理を召し上がって下さい。毒なんて入っていませんから」

董胡が言うと男達も気持ちを切り替えて声を張り上げた。

「おお！　そうだよ。さっきから腹が鳴ってたんだ」

「嫌なことはもう忘れて、飯にしようぜ」

「今ならどんなまずい料理だって美味(おい)しく感じるぞ」

相変わらずまずい料理だと断定されているが、ともかくサーヤと楊庵にゲルで温めていた料理を運んできてもらった。

「まずは冷えた体を温める汁椀(しるわん)をお召し上がりください」

サーヤが木の器に、白い色の汁料理を注いで一人一人に手渡してくれた。

「牛の乳の汁か。なんかいろんなものが入っているな」

「なにが入ってるんだ？　薬臭くはないが……食べても大丈夫なんだよな？」

男達は不安そうに器の中を覗き込んでいる。

「豚汁の豚肉の代わりに羊の薄切り肉を入れています。あとは『神の実』の大根と唐芋があったので使わせてもらいました。薬籠の中に持ってきた塩と味噌で味付けして、足りない調味料を牛の乳で補いまろやかにしています。食べてみてください」

男達は恐る恐る汁をすくい、お互いに顔を見合わせてからぱくりと頬張った。

「！」

そして全員が驚いたような顔になる。

「う、美味い！　なんだ、これ？」

「こんな美味い汁は食べたことがねえ」

「羊の肉がこんな美味い料理になるのか？」

サーヤに聞いたが、ロー族の肉料理は蒸す、焼く、干すの三種類らしい。

赤い食べ物は赤い食べ物だけで食べるのが基本で、白い食べ物と合わせることはほとんどないらしい。けれど羊肉に牛の乳を加えることで臭みがとれてこくが出る。

「これに薬が入っているのか？」

「全然苦くないけどな」

男達は不思議そうに言う。

「料理に使う生薬は病の予防を目的としたもので、私はなるべく美味しく食べられるものを使いたいと思っています。例えばこの汁椀に入っている味噌は、伍尭國で採れる大豆に麹を入れて発酵させたものです。味噌には冬山で冷えた胃腑や脾の臓を温め、体に溜まった毒素を外に出してくれる効能があります。汁椀に使った羊肉の部位は豚肉に比べて脂分が少ないので、ウルムを加えると豚汁に近い味わいが出て味の深みが増すようです。入れてみてください」

サーヤがウルムの入った革袋を持って、匙でみんなの器にウルムを浮かべていく。

「ほ、本当だ！　うめえ！」

「ウルムを料理に浮かべるなんて、考えもしなかったが、最高に合うな」

男達はあっという間に汁椀を完食してしまった。

「次はハルガイのお浸しです。伍尭國では刺草や蕁麻といい、茎や葉にあるトゲに刺さると基部にある毒で赤く痛む発疹がでます。ですが日干しして乾燥させたものを煎じて飲むと、炎症を抑える効能があると言われています」

楊庵が大皿に盛ったハルガイのお浸しを運んできて、男達が空になった汁椀を持って並び、サーヤが取り分けてくれる。人数分の取り皿がないので、この方式になった。

焚火を囲んで料理を分け合う雰囲気が、斗宿の村の庶民的な祭りを思い起こさせる。

「ハルガイの若芽は毎年食べるぜ。美味くはないがな」

「茹でてそのまま食うんだ。塩があれば少しつけたりするけどな」

伍尭國では食べないのでサーヤに調理法を聞いてみたが、確かに茹でるだけらしい。

できれば普通のお浸しのように醤油などで味付けしたかったが、ここにはない。

「味噌と乾姜、それからすりごまで和えてみました。食べてみて下さい」

初めての食材と限られた調味料で作ったので不安だったが……。

「おお！　うめえ。これがハルガイなのか？」

「いつも食うもんがないから仕方なく食べてたが、これは止まらねえ」

「本当だ。ただの葉っぱだと思っていたが、こんなに美味くなるもんなんだな」

良かった。気に入ってもらえたようだ。

董胡としても蕁麻の若芽が食べられるなんて新たな発見だった。

「次は乳汁で作ったふろふき大根です」

再び、空っぽになった汁椀を持って男達が料理を取りに来る。

大根が豊富にあったので使わせてもらった。

「神の実の白い野菜か。これ辛いんだよな」

「今回の神の実は緑の小さい木みたいなやつと、この白い野菜ばっかりだったんだよな」

「緑のやつはすぐに傷んできたから慌てて食べたけど、ぱさぱさして美味くなかったな」

それはきっと芽花椰菜のことだ。

話を聞いていると、どうやら料理法が分からず生のまま食べていたようだ。

「去年は赤い果物があったのにな。あれは美味かった」

「ああ。赤い皮を剝くと白い果物だろ？　あれは甘くて美味かったよな」

赤い皮で剝くと白い果物とは、林檎のことだろうか。

「あと干した鶏肉。あれは最高だったな」

「俺、実はエジド様がこっそり自分のゲルに隠し持ってたのを見たんだ」

「本当か？　美味いもんだけ独り占めしてたってことか？」

「なんだよそれ。シャーマンのくせに意地汚いやつだぜ」

神の実の食材を想像してみると、やはり青龍の食べ物ばかりのようだ。

エジドは青龍と通じていて羊と交換で取引きしていたのかもしれない。

「大根は胃腸の調子を整える食材で、種は生薬名を萊菔子といい、煎じて飲むことで胃もたれや咳、痰に良い薬になります。そのまま食べると苦味や辛味が強い野菜ですが、少し調理するだけでとても美味しい御馳走になります」

董胡が説明しても、男達は不安そうに器の中を眺めている。

「あの辛い野菜が本当に美味くなるのか？」

「食べるものがない時に仕方なく齧ってたんだよな」

どうやら大根も生のまま齧っていたらしい。それは辛いだろう。

「大根の皮を剝き、ウルムを油の代わりにして焼き色をつけ、牛の乳でしばらく煮込みました。塩で味を調え、片栗の粉でとろみをつけてあります。食べてみて下さい」

男達はしょうがないという顔で大根を匙ですくう。

「なんだ？　匙でほぐれるぞ」

「皮のごわごわした硬い野菜だったよな？　これがあの白い野菜なのか？」

皮も剝かずに齧っていたらしい。それは美味しくないに違いない。

「う、うめえ。なんだ！　この野菜！」

「嘘だろ！　こんな美味い野菜だったのか？」

「口の中で溶けるぞ。あの硬かった白い野菜が……」

「俺、大好物の肉より好きかもしれねえ」

みんなすっかり料理に夢中になっている。

「剝いた大根の皮は千切りにして日干ししておきました。そして水で戻した鹿尾菜(ひじき)とビャスラグと共に煮込んでみました。器が空いた人から取りに来て下さい」

食材の少ない高原では、野菜の皮といえども無駄にはできない。

残り少ない鹿尾菜と大根の皮だけではみんなで分けるほどの量にならないので、牛の乳を固めたビャスラグをちぎって入れてみた。

限りある食材を余すところなく使って料理をする知恵を、ここで学ばせてもらったように思う。牛の乳がこれほど多彩な形で食材になるというのも興味深い。

「この黒いごみみたいなのは食べられるのか？」

「馬の尻尾(しっぽ)じゃねえのか？」

鹿のいない高原では、鹿尾菜は馬の尻尾に見えるらしい。

「お！　見た目のわりに美味いぞ」

「ぱさぱさするのかと思ったが、ビャスラグの味が沁みていて面白い歯ごたえだ」

良かった。気に入ってもらえたようだ。

沃の不足を補うためにも、鹿尾菜もみんなに食べてもらいたかった。

ちらりと目を向けると、ロサリとカザルも美味しそうに食べている。

「最後は皆さんのお待ちかねのホルホグです」

董胡が言うと、男達は「おーっ！」と嬉しそうに雄叫びを上げた。

ホルホグとは羊の骨付き肉を鍋に入れ、熱した石で蒸し焼きにした料理で、ロー族で一番の御馳走らしい。

みんなが一番喜ぶ料理だということなので、サーヤに教わって作ってみた。

「せっかくなので、肉と一緒に唐芋も蒸してみました。肉の旨みが唐芋に沁み込んで美味しいと思います」

伍尭國では羊の肉を食べることはあまりないが、独特のくせのある味わいがロー族の人々の味覚に合っているらしい。出来ることならいろんな香辛料で調理してみたかったと好奇心が尽きない。石で蒸し焼きにする調理方法も興味深かった。

「これだよこれ！　やっぱりホルホグは最高に美味い！」

「ホルホグを食ってる時が一番幸せだ」

みんな嬉しそうに骨付き肉を頬張っている。

「この唐芋だっけ？　こいつも美味いぞ。こんな美味い野菜だったのか」

「本当だ！　しかもホルホグの旨みが沁み込んで、ほくほくととろける」

男達はすっかり料理に夢中になって食べている。

そんな姿を眺めている瞬間が、董胡にとっては一番達成感を覚える時だ。

「医者の先生。あんた、このままロー族に残らないか？」

「そうだよ。あんたが作ると魔法のように食べ物が美味しくなる」

「医者はシャーマンがいるから必要ないが、こんな料理を作れるやつはいないからな」

「そうだ。残ってくれ。馬に乗れなくても特別待遇にするからさ」

すっかり満足した人々は、思いがけないことを言い出す。

慌てたのは楊庵だ。

「何言ってんだよ！　董胡は伍尭國にとっても大事な人間なんだよ。こんな山奥で一生過ごせるかってんだ。明日には俺と一緒に帰るんだ」

「なんだよ、お前は帰ってもいいぞ、楊庵」

「まあ、乗馬の筋は悪くないからどうしてもってんなら置いてやってもいいけどな」

ウリとウレがからかうように楊庵に言い返す。

「う、うるせえ！　俺は伍尭國に帰る！　お前らは知らないだろうが、豊富な食材があれば、董胡の料理はもっと美味いんだからな。董胡の作るほくほくの饅頭なんて食ったことないだろう。俺は董胡の饅頭が食いたいんだ！」

楊庵はくせのある羊肉よりも饅頭の方が好きらしく、力説している。

「食いしん坊の小僧だな。先生はお前の母親じゃねえんだぞ」

「ははは。まったくだ。いっつも先生の後ろにくっついてるしな」

「そんなだから恋人すら作れないいんだぞ」

「う、うるせえ！　恋人ぐらい作ろうと思えばいつでも作れるんだ！」

楊庵は男達に小突かれて、すっかりロー族の一員のように馴染んでいる。

なんだかんだと、みんなは楊庵にも残って欲しいのかもしれない。

「今日作った料理はサーヤに手順を教えています。私がいなくても今度はサーヤが作ってくれます。安心して下さい」

董胡が告げると、全員がサーヤを見た。

「また食べられるのか？　俺の妻にも作り方を教えてくれるか？」

サーヤは注目されて少し照れながら力強く肯いた。

「はい！　しっかり覚えたのでローゾスランに戻ったら、みんなに伝授します！」

「おー!!　そいつは嬉しいな。頼りにしてるぞ、サーヤ」

昨日までの疎外感が嘘のように、サーヤもしっかりロー族の一員になっていた。

偽エジドもいなくなり打ち解け合ってみると、みんないい人達だった。

「低地にはもっと美味しい食材がたくさんあります。もしもお望みであれば、角宿に戻ったら食材を取引きできるように、知り合いに頼んでみますよ」

伯生や拓生に頼めばなんとかなりそうな気がする。

「羊肉やウルムやビャスラグなどは、珍しい食材として角宿でも喜ばれることでしょう。鹿尾菜や海産物なども一緒に取引きすれば、沃の不足になることもなくなります」

お互いに嬉しい取引きではないかと思う。

みんなは期待を込めて族長のロジンを見つめる。しかし。

「ロー族は今までアズラガを育てる幻の部族として他部族と関わらずにきたんだ」

ロジンは難しい表情を作り答える。男達は少し残念そうに肩を落とした。

「だが……」

「！」

男達は期待を込めてロジンを見つめる。

「先生のような人の仲間ならば……取引きしてみてもいいかもしれないな」

わっと全員が喜びの声を上げた。

「じゃあまたこの野菜が食べられるのか。唐芋が気に入ったんだ」

「俺は大根をもっと食べてみたい。いや、鹿尾菜も悪くないぞ」

みんな嬉しそうにもっと食べたかったものを言い合っている。

そんな人々を見回した後、ロジンは少し真面目な顔で董胡に告げた。

「先生、いろいろ済まなかったな。こんな山奥に連れてきて、偽エジドの言いなりになって、恐ろしい思いをさせてしまった。心から詫びを言う。申し訳なかった」

ロジンが頭を下げると、他の全員が同じように頭を下げた。

「一番悪いのはあたしなんだ。ごめんね、董胡。明日になったら、私がちゃんと低地まで送っていくから安心してね」

サーヤが言うと、ロジンが続けた。

「屈強な男も二人護衛につけよう。必ず安全に帰すと私が約束する」

董胡は楊庵と目を合わせ、ほっとして答えた。

「ありがとうございます」

良かった。

これで安心して角宿に戻れる。

尊武達、特使団の一部はすでに王宮への帰途についているだろうが、楊庵と共に追いかければどこかで合流出来るかもしれない。

なるべくなら黎司に心配させずに戻りたい。

ともあれ、角宿に戻る目途がついたことにほっとした。

しかし、安堵（あんど）の息をもらしたその時だった。

「た、大変だ！」

見張り役だった男達二人が血相を変えて駆けてきた。

そして息を切らしながら驚くべきことを告げた。

「大変だ！　大勢の軍隊が来る！　信じられないぐらいの大軍勢が山を登ってくるぞ！」

十、青龍軍の襲撃

「な！」

見張り役の信じられない言葉に董胡は青ざめた。

しかも見張りの男達の後ろから、どういうわけかさっき逃げるように去っていったはずの偽エジドが、不敵な笑みを浮かべ悠々とこちらに歩いてきた。

「だから言ったのだ。私を追い出せば災いが起こると言っただろう。そなたらの私への冒瀆はローの神は見ておられた。ゆえに天罰が下ったのだ」

偽エジドがあまりに堂々と言ってのけるので、男達は本当に天罰なのかもしれないとお互いに不安な顔を見合わせた。

「本当にそんな大軍勢がこんな冬山を登ってきているのか？」

ロジンは見張り役の二人に尋ねた。

「本当だよ！　恐ろしい数の松明が見えた。あんな大軍勢、見たことがねえよ」

「エジド様をみんなで追放したって本当なのか？」

見張り役の二人は、さっきのいきさつを知らず初耳だったようだ。

「なんということをしたんだ！　そのせいでローの神の怒りを買ってしまったんだ」

「ロー族はもう終わりだ」

　絶望を浮かべる見張り二人が嘘をついている様子はない。

「先生。大軍勢はあんたを捜しに来たのか？」

　ロジンは董胡に尋ねた。

「いえ、まさか……。私ごとき平民医師一人を助けに青龍の軍が動くはずが……」

　麒麟の密偵が助けに来たなら分かるが、軍まで動かすことはないはずだ。

　董胡は慌てて首を振った。大軍勢が青龍軍とは限らない。

　だが万が一、尊武が董胡を皇帝の后（きさき）だとばらしたなら、あり得なくはないが……。

　尊武がそんなことを言うだろうか？

　それに、あの尊武が董胡一人のために青龍の軍を差し向けるだろうか。

　尊武なら、董胡などさっさと見捨てて王宮に帰る、の一択しかないはずだ。

　やっぱりどう考えても董胡を助けに来たとは思えないのだが。

「あれは青龍の軍だ。間違いない。私はよく知っている」

　偽エジドが告げる。

　やはり偽エジドは青龍から流れてきた人物のようだ。

（本当に青龍軍なのか？　特使団の？）

　だったら董胡が行って止めるしかない。

特使団の軍でないにしても、尊武や青龍公の名を出せば、なんとか争いは避けられるかもしれない。とにかくやってみるしかない。

「私が行って説明してきます」

「俺も行くよ。麒麟の密偵もいるかもしれない。

董胡に続いて楊庵も声を上げた。しかし偽エジドがすぐに反論する。

「騙されてはいけない、皆の者。この二人はそう言って味方の陣に戻り、我らを攻撃するのだ。最初からそのつもりで料理を振る舞うなどと言って時間稼ぎをしていたのだ」

「な！　違います！」

「そんなわけあるかよ！」

董胡と楊庵が否定しても男達は大軍勢と聞いて、すっかり疑心暗鬼になっている。

「道理で……。攫った相手に御馳走を振る舞うなんておかしいもんな」

「あまりに料理が美味いから、すっかり信じちまったよ。くそう」

やっと培った信頼関係が一瞬にして壊れてしまった。

それを見て、偽エジドは形勢逆転とばかりロー族の面々に大仰に告げる。

「そなたらに今一度悔悛の機会を与えよう。私はローの神から最後の慈悲を受け取っている。そなたらが私を信じるのであれば、この最悪の事態を収めてみせよう。だが私の提案を退けたなら、そなたらロー族の歴史はここで終わる。さあ、どうする？」

「………」

ロジンが考え込み、偽エジドに尋ねた。

「あなたの提案とは？」

偽エジドは満足げに肯いて口を開いた。

「ローの神は申された。この医師と一頭のアズラガを敵に与えよと。さすれば大軍勢はロー族に危害を加えることなく立ち去るであろうとな」

「………」

全員が董胡に目を向ける。

そのお告げは本当なのだろうか。

だがカザルは董胡に、青鬣馬がすぐに必要になると言っていた。

それはこのことだったのか。

カザルに目を向けると、最悪なことにロサリの膝に頭を横たえて眠っていた。

（うそ！　こんな肝心な時に眠っているなんて……）

すでに今日の力を使い果たしてしまったのかもしれない。

こうなったら行ってみるしかない。

「分かりました。私が青鬣馬を連れて話してきましょう」

どっちにせよ董胡が行くつもりだったのだ。

「俺も行くよ」

楊庵が声を上げたが、偽エジドがすぐに却下する。

「お前は人質だ。ここに残り、軍が去ったのを見届けてから解放する。私がこの医師を軍まで連れて行く。私が戻らなければこいつを始末するがいい」

「な、なんだと！　お前なんか信用できるか！」

楊庵が憤って反論する。しかし。

「すべてローの神の指示だ。その男を取り押さえておけ。そしていつでも戦闘態勢に入れるように準備をしておくことだ」

偽エジドが命じると、見張り役だった二人の男が楊庵を取り押さえた。

「は、放せ！　お前ら！　こいつは偽エジドなんだ！　騙されるな！」

「お前こそ、最初から大軍が来るのが分かっていたんだろう」

「打ち解けたふりをして、ロー族を全滅させるつもりだったんだ」

そう言われてみると、みんなそんな気がしてきた。

「なんだよ。馬の乗り方を教えて、仲良くなったと思ったのに……」

「最初から騙すつもりだったのかよ」

楊庵を気に入っていたウリとウレは、裏切られたように呟いた。

「違う！　騙したりしていない！」

だがもう誰も楊庵の言葉を信じようとはしなかった。

実際に麒麟の密偵の助けを待っていたのは本当だ。

どう説明したところで、よそ者の董胡達の言葉を信じてはもらえない。

　董胡は決心して答えた。

「分かりました。私一人で行きますので、案内して下さい」

「董胡……」

　楊庵を助けるためにも、何が何でも軍を説得するしかない。

「納得したようだな。では、私について来るがいい」

　こうして董胡は偽エジドと共に青龍の軍のもとに向かった。

◆

「あの……。まだですか？」

　偽エジドと共にずいぶん歩いた。

「ロー族のゲルが見渡せるような場所で敵を見つけても手遅れになるだろう。見張り場はこの丘を登り切った向こう側だ」

　起伏のある道を左に向かって登ったり下ったりして、すでにロー族のゲルは見えない。

　董胡よりも連れている仔馬(こうま)が、まだ慣れない長距離にぐずっている。

　しかしまばらだった青い鬣(たてがみ)は、この数刻ですっかり美しい青に変わっていた。

　顔つきも精悍(せいかん)なものになったような気がするが、仔馬のあどけなさも残っている。

「よしよし。もう少しだからね。頑張って」

菫胡は仔馬を元気づけながら、偽エジドについていき起伏の激しい丘を登った。

丘を登りきると確かに見晴らしがよく、思った以上に高い山の上に立っていたのだと気付いた。昼間なら下界を見渡せるような高台だ。

今は月明かりで辛うじて判別できる木々の密集する深い斜面と、その向こうに見える山の稜線が黒い影になり、さらにずっと先にごま粒ほどの街の明かりが見えている。おそらくあれが角宿の街並みではないかと思われた。雲の上から眺めるほど遠い。

こんなに遠くまで攫われてきていたのだと、改めて気付いた。

この山道を一人で彷徨いながら捜しに来てくれた楊庵のありがたさを感じる。

遠くの街明かり以外は黒と灰色の濃淡で表わされた山の稜線しか見えない景色だが、周囲をひと通り見渡してみると、ちらちらと光るものが見えた。

「あれは……」

松明の灯りのようだ。目を凝らすと蛍の群れのように無数に見えてくる。

すごい数だ。しかし……。

「あれが青龍の軍ですか？　え？　でも……」

ずいぶん右側に遠く見えている。

左に左にと進み過ぎて、軍からむしろ遠ざかってしまっていた。

「道を間違えたのですか、エジド様？　それとも青龍軍が進路を変えてしまって……」

「……………」

いや……違う……。

最初から偽エジドは、董胡を軍から引き離すように連れてきたのだ。なぜなら……。

「ふふふ。やっと気付いたか。聡いやつだと思っていたが、やはりまだ若僧だな」

不敵に嗤いながら告げる偽エジドの手には、短刀が握られていた。

「な！　なぜ、こんなことを！　このままでは青龍の軍は真っ直ぐゲルに辿り着いてしまいます！　早く引き返して止めないと……」

「もう手遅れだ。引き返したところでロー族は青龍軍の襲撃を免れないだろう」

「そ、そんな！　ロー族を助けるためにゲルに戻ったのではないのですか⁉」

「はっ！　誰があんなやつら。私をコケにして追い出した連中など、全滅すればいい」

「な……」

董胡は信じられない思いで偽エジドの暗く歪んだ顔を見つめた。

「ローの神は一度も言葉をくれなかったが、最後の最後に私を守ってくれたようだ。こんなに都合よく青龍軍が攻め込んできてくれるとは。ははは」

小ばかにしたような高笑いが暗い山々に響く。

「やはりあなたはローの神の声なんて聞こえていなかったのですね？　それなのにどうしてエジド様の魂を引き継いだなんて言ってロー族に入り込んだのですか？」

董胡はじりじりと後ずさりしながら、偽エジドの気をそらすように尋ねた。

「ふ……。逃げようとしても無駄だ。こんな夜の高原で叫んだところで助けなど来ない。

私は、元は青龍の武官だ。お前ごとき軟弱な者を逃すほど腕は鈍っていない」

「青龍の武官……」

青龍人だろうとは思っていたけれど、武官だったなんて……。

じりじりと下がる董胡との間合いを広げさせることなく、一歩二歩と迫ってくる。

「せ、青龍の武官がどうして……。どうしてこんな真似を……」

「最後だから教えてやろう。最初からお前などに用はない。私が欲しいのは、その青鬣馬だ。その馬を手に入れるために、ずっとずっとこんな極寒の荒れ地で耐えてきた」

「青鬣馬を……？」

名指しされた仔馬は、董胡に寄り添うように一緒に後ずさりしている。

「毎年一頭生まれると聞いていた。一年の辛抱だと思って入り込んだというのに、何年経っても生まれない。気付けば五年も過ぎていた。まったく誤算だった」

「な、なぜそうまでして青鬣馬を……」

「そんなことも分からぬのか？　龍氏様に取り立ててもらうためだ。平の武官で一生終わるなんて冗談じゃない。平民の武官が出世するためには、青鬣馬を献上するのが一番手っ取り早い。すぐに死ぬような馬じゃだめだ。生まれたばかりの仔馬が欲しかった」

「そ、そんな理由で……」

そういえばサーヤが青鬣馬は常に狙われていると言っていた。

それゆえにローゾスランという秘境に住んでいるのだと。

「妙に知恵の回る目障りな医師を攫ってきたものだと思っていたが、お前のお陰でようやく青鬣馬を手に入れることができる。殺す前に礼を言っておこう」

告げると同時に、偽エジドが青いマントを脱ぎ捨て、俊敏な動きで董胡に襲い掛かる。

「！」

董胡は慌てて後ろに飛び下がった。

「あっ!!」

しかし足元の岩に体勢が崩れて膝をつく。

「ふふ。そこまでだな」

偽エジドが捕らえたとばかりに短刀を振り上げ、仔馬がヒーンと一声鳴いた。

「ガッ!!」

振り下ろされた短刀が確かな手ごたえを奏でる。

斬られた……と思った。

しかし……。

どういうわけか、偽エジドの短刀は董胡の頭上の空間で止まっている。

「な!?」

振り下ろせば間違いなく董胡の頭を割る位置にある短刀が、何らかの抵抗に阻まれ、そこで止まっている。

見上げる董胡も、見下ろす偽エジドも訳が分からず目を見開いていた。

やがて短刀が抵抗を受けている場所に、ぽつりとまばゆい光の点が現れる。

「え？」

呆然と見つめる二人の前で、光の点はみるみる増殖し形を成していく。

「こ、これは……」

透明度の高い粒子が細長い金属を形作る。

真ん中から完成されていく絵を見るように、やがて長い金属は剣身となり美しい輝石で飾られた鍔が現れる。そのまま剣の柄を握りしめる両手が空間に浮かんだ。

「ひ、ひいいい！」

偽エジドは悲鳴を上げるが、体は固定されたように動けないようだ。

やがて光の粒子は雅な袖を描き出し、みるみるうちにまばゆい人影を造り出した。

「な!!」

髪は一部を頭上に束ね、美しい絹布で包み長い織紐が幾重にも垂れている。

艶やかな黒髪が背に流れ、緋色の上衣が光の粒子を纏って炎のように見える。

まばゆい光に包まれた麗人が、菫胡を守るように偽エジドの短刀を受けていた。

「まさか……」

菫胡は目の前の光景が信じられず呆然と見上げたままだ。

「神……。ローの神の化身……」

偽エジドは呟くと同時に、腰が抜けたのかその場にどしりと尻もちをついた。

「本当に……神がいたのか……」

あまりの神々しさに毒気を抜かれたのか、偽エジドはもはや無抵抗だった。

やがて麗人が偽エジドに静かに問う。

「そなた……この者を殺そうとしていたのか……」

天から降るようなその声に、偽エジドは慌てて起き上がりひれ伏した。

「い、いえ……。滅相もございません。ち、違います！」

ぶるぶると首を振って地面に頭をこすりつけている。

さらに麗人が問いかける。

「もしも……この者に危害を加えるつもりなら、そなたを成敗せねばならぬ」

「ひ、ひいいい！　危害など加えません。どうかお許しを！」

偽エジドは青ざめたまま必死に許しを請う。先ほどまでの強気が嘘のようだ。

初めて神を見た人間はこんな風になるのかもしれない。

そのままじりじりと尻で後ずさりしていく。

「どうか信じて下さい。どうか、どうかお許しを……ひいい……」

やがて背を向けたかと思うと這うように逃げ出し、腰が抜けたままの四つん這いで悲鳴を上げながら一目散に遠ざかっていった。

その一部始終を董胡はまだ膝をついたまま見つめていた。

まさかまさか、と胸が激しく脈打っている。

そんなはずはない、と必死に否定してみるけれど……。

その神々しい後ろ姿と、涼やかな声音をよく知っている。

どんな時も一番会いたかった人。一番聞きたかった声。

偽エジドが遠くに立ち去ったのを見届けてから、麗人がゆっくりと振り向く。

まだ光の粒子を纏ったまま、深く思慮深い瞳が董胡を捉えた。そして名を呼ぶ。

「董胡……」

間違いない。間違えようもない。この声。この姿。

「レイシ様……」

体の奥から熱いものがこみ上げ、気付けば涙が溢れていた。

久しぶりに会えた喜びなのか、危機を脱した安堵なのか、董胡にも分からない。

分からないけれど、喩えようもない感動が喉元に熱く押し寄せてくる。

「董胡……」

「本当に……レイシ様……？」

触れれば消えてしまいそうで、近付くのが怖い。

そんな董胡に黎司は剣を鞘にしまい両手を広げて告げる。

「おいで」

まるで泣きじゃくる幼子をなだめるように、温かい声が董胡に呼びかける。

「レイシ様……」

「さぞ怖かったことだろう。おいで、董胡」

これまでの出来事をなにもかも分かっているようなその声に、微笑みに、董胡は弾かれたように駆け出していた。

「レイシ様っ!!」

泣き叫びながら黎司の懐に飛び込む。

確かな手ごたえが、董胡の体をしっかりと受け止めた。

幻ではない。

確かにここにある。

よしよしと頭を撫で、背中をさする優しい手の温もりを感じている。

さっきまでの死の恐怖と絶望が嘘のように溶けてなくなっていく。

ここに戻りたかったのだと、それだけを目指していたのだと黎司の胸の中で泣きじゃくる。

そんな董胡を安心させるように、黎司の両手が力一杯に抱き締めてくれた。

「レイシ様……うう……」

黎司の腕の中で、しばし夢のような無限の時が流れたような気がした。

やがて董胡は、はっと我に返った。

すっかり感動の波にのまれて、自分は今なにをしているのかと。

皇帝陛下である黎司に、遠慮もなく抱きついている。

しかもよくよく考えてみると、この自分の姿はどうだ？

何日も着たままの医官服に、ロー族から借りた獣の毛皮を羽織っている。しかも。

高原に来てから風呂というものに入っていない。臭うどころの話ではないはずだ。

十七年という人生で初めて、異性に対する強烈な羞恥心というものが芽生えた。

頭のてっぺんから真っ赤になると、「わっ！」と叫んで黎司から離れた。

「も、申し訳ありません。へ、陛下に失礼な振る舞いを……」

そんな董胡に黎司は困ったような苦笑を浮かべた。

「今更なんだ。過去には馬乗りにされたこともあるのに」

「そ、それは、子供の頃の話で……」

董胡はますます真っ赤になる顔を隠すように俯いて、慌てて話題を変えた。

「そ、それより、どうしてレイシ様がこんなところに……」

落ち着いて考えてみると、ここに皇帝である黎司がいるはずがない。

「翠明の式神と同じ原理だ」

「式神？」

確かに人柱をつけた式神はかなり実体に近いものではあったが……。

「そなたに髪の束を渡したであろう？」

そういえば髪の束はなぜか三つあった。茶民と壇々のものと、もう一つ。

「では……この髪の束の一つは……」

董胡は懐に大事に持っていた薬包紙を服の上からぎゅっと握りしめた。

「万が一の時に備えて私の髪も持たせておいた」

「まさか……レイシ様ご自身が人柱になって？」

畏(おそ)れ多いにも程がある。あり得ない。

「いや、翠明に頼んだのだができないと言われた。だから自らで体を飛ばそうと思った」

「だ、大丈夫なのですか？　そんなことができるのですか？」

もしかしてとても危険なことをしているのではないのか？

とんでもない無茶をしてここにいるのではないのか？

董胡の心配は的中していたのか、黎司は気まずい顔になった。

「な、何をしたのですか？　まさか命を削るようなことを……」

まさかと思うが、黎司ならばやりかねない。

「いや……。命を削るようなことになってもいいと覚悟はしていたのだが……」

「レイシ様っ！　なんてことを!!」

「いや落ち着け、董胡。実際にはできなかったのだ」

「できなかった？」

できたからここにいるのではないのか？

「そなたが何者かに攫(さら)われたという伝令を受けて、私はなんとしても創司帝の使った天術を試してみようとあれこれやってみた」

「創司帝の使った天術?」

創司帝の奇跡については多く語り継がれているが、ほとんど伝説のようなものだ。かなり大げさに脚色されたものだと思っていたけれど……。

「ずっと不思議に思っていたことがあった」

黎司は少し考え込むように答えた。

「創司帝の示した奇跡の中には『剣で風を起こし千里先の敵をなぎ倒した』という記述が多く残っている。だが、皇帝は王宮の中の皇宮で暮らし、戦地に出るようなこともなかったはずだ。皇宮で剣を振るって千里先の敵をなぎ倒したのならば、その手前にいる味方や王宮の人々にも被害が及ぶことになる。そんなはずはない」

確かに考えてみればおかしな話だ。

だが大衆は、伝説の一つとして疑問に思うこともなく語り継いでいる。

「それぐらい強大な軍を持っていたという喩えなのではないのですか?」

「私もそう思っていた。だが、翠明の人柱を使った式神を見て気付いたのだ」

はっとする董胡に、黎司は肯いて続けた。

「創司帝は本当に敵の眼前に立っていたのだ。皇宮にいながら翠明の式神のように実体を戦地に飛ばして」

確かにそれならば千里先の敵をなぎ倒したとしても納得できなくもない。

「いや翠明の式神よりももっと自在に実体を飛ばし、意志を持って動くことができた。今の私のように……」

董胡は信じられない思いで黎司を見つめた。

確かに目の前の黎司は話すことも、感情を表わすこともできている。

茶民や壇々の式神よりもずっと本人そのままだった。

「だがどれほどやってみても私にはできなかった。意識を広げて祈禱殿を満たすところまではできても、実体を飛ばすなんて到底できない。もう無理なのかと諦めかけた時、銅鏡にそなたの姿が映し出されたのだ」

「私の？」

「先ほどの男とここで話している場面だ」

それは本当についさっきの出来事だ。

その場面を皇宮で見て、今ここにやってきたということなのか。

ここは王宮からも遠く、青龍の角宿からもさらに遠く離れた山の上だというのに。

到底信じられない。

「さっきの男が短刀を振り上げそなたに襲い掛かったのを見て私はもうだめだと思った。だがその瞬間、銅鏡の中から龍が現れた」

「龍が!?」

それはまさかローの神と呼ばれている龍だろうか。

「龍は私の体に半分溶けるように巻き付き、気付いた時にはここに立っていた」

「まさかそんなことが……」

「そして襲い掛かる男に、私は慌てて剣を抜き防いだ。どう説明していいか分からないが、私の意識が先だ。後から体がここに形作られた」

それはまさに董胡も目の前で見ていた。

光の粒子が黎司の体を描き出す瞬間を。

「龍が……私をここに導いた。なぜなのか私にも分からない」

黎司はそう言って空を見上げた。

そこには流線を描くようにうねった雲のような影が、月に浮かぶように見えていた。

「もしかして……カザルが……」

董胡がゲルを出る時は眠っていたが、ローの神に危険を知らせてくれたのかもしれない。

「何か知っているのか。だが、残念ながら聞いている時間はもうなさそうだ。龍が呼んでいる。そろそろ戻らなければ本当に命を削るようなことになるらしい」

董胡は青ざめた。

「で、ではすぐに戻って下さい！　私はもう大丈夫ですから！」

本当はあまり大丈夫ではない。

もしかしたら、そろそろ青龍の軍隊がゲルを襲撃している頃かもしれない。

今から急いで戻っても間に合わないだろうが、とにかく助けに行かなければ。

だが、そんなことを話して黎司を心配させるわけにはいかない。

「本当に大丈夫なのか？　まだ何か隠していないか？」

勘のいい黎司は何か感じているらしい。

大丈夫だと答えようとした董胡は、ふいにガサリと動く物音を聞いた。

それとほぼ同時に黎司の頭上に飛び掛かるような大きな影に気付く。

「あっ!!　危ないっ!!」

思わず大声を上げる董胡の声に合わせるように、長い剣先が黎司の頭上に見えた。

董胡の目には振り下ろされる剣先と、振り向いて剣を引き抜く黎司の姿が、時を延ばしたようにゆっくりゆっくりと見えていた。時間の感覚がおかしい。

（レイシ様っ!!）

もう間に合わないと思ったぎりぎりで、黎司の剣が受け止める。

「カーンッ!!」という火花が散るような金属音が高原に高く鳴り響いた。

偽エジドが戻って来たのか？　それとも仲間がいたのか？

ぐっと敵の剣を受け止めた黎司が、じりじりと体勢を立て直す。

それを許さぬとでも言うように敵の剣が、ぐいっと力を込め詰め寄る。

拮抗(きっこう)するような力で、二人が剣を重ねたまま睨(にら)み合っていた。

そして呆然(ぼうぜん)と立ちすくんでいた董胡は、黎司が少し動いたことによってようやく敵の顔を目の当たりにした。偽エジドではない。

驚いたことに、ここに絶対いるはずのない顔だった。

「そ、尊武様っ!?」

なぜここに尊武が?

襲ってきた青龍軍はやはり尊武の軍だったのか?

いや、それにしてもまさか尊武本人が指揮をとってこの冬山に来るなんて。

だいたい、青龍の軍はロー族のゲルの方に向かっていたのではないのか?

いろんな疑問が一瞬のうちに浮かんできたが、それよりもまずはこの現状をどうにかしなければ。はっと気付いて叫んだ。

「尊武様っ! この方は陛下です! 敵ではありませんっ!」

「………………」

尊武は剣を重ねたままちらりと董胡を見てから、視線を黎司に戻す。

だがまだ殺気を持ったまま剣を下ろそうとはしない。

(ま、まさか……レイシ様を殺すつもりなのか?)

今はまだ味方のようなことを言っていたが、尊武の言葉など当てにならない。

(帝を葬れる好機とばかり、斬り捨てるつもりなんじゃ……)

黎司と尊武が剣を重ねたまま睨み合っている。

「尊武様っ!!」

お互いが声も発さぬまま、董胡にはずいぶん長い時間そうやっていたようにも感じたが、ほんの一瞬だったのかもしれない。

やがて尊武が剣を引いて、一歩下がった。

そのまま拝座の姿勢になり、剣を地面に置く。

「陛下とは気付かず……ご無礼を致しました」

慇懃(いんぎん)に答える尊武だったが、本当はもっと早く帝だと気付いていたのではないのかという疑問が残る。いや、勘のいい尊武のことだから、本当は董胡に言われる前に、後ろ姿で気付いていたのではないのか？

（帝だと気付かないふりをして殺すつもりだった？）

だが、尊武は深く頭を下げて弁解する。

「攫われたその者を救うべく軍を率いて参りましたが、こちらで言い争う声と馬のいななきが聞こえました。軍を待機させ様子を見に参りましたところ、董胡が見えましたのでてっきり敵に襲われているものだと早とちりをしてしまいました。まさか、このようなところに陛下がおられるとは思いもせず、どうかご無礼をお許し下さいませ。この者を助けたい一心だったのでございます」

もっともらしい弁解をすればするほど、本当だろうかと疑ってしまう。

だがこの現状では、理にかなっている。

黎司はゆっくりと剣を鞘(さや)におさめ、尊武を見下ろした。

「そうだな。そなたが敵だと思ったのも仕方がないことだ。今の出来事は忘れよう」

「ありがたき幸せ。心より感謝致します」

尊武は見事に忠誠心溢れる臣下となって答えた。

「しかし、そなた自ら……董胡を助けるために軍を率いて来たのか？」

黎司は少し怪しむように尊武に尋ねた。

誰が考えてもおかしい。

玄武公の嫡男である尊武が、ただの平民医官を助けるために危険を冒して冬山を登ってくるなんて。董胡だって尊武の指示で青龍の軍が来たのかもしれないとは思ったが、まさか尊武本人が来るとは夢にも思っていなかった。

「我が玄武のお后様より預かった大切な薬膳師でございます。この者が攫われたのは私の不手際ゆえのこと。当然でございます」

（な、なんかすごい嫌みに聞こえるのは私だけだろうか）

俯いている尊武がどんな顔をしているのかと想像すると背筋が凍り付く。

「うむ。この者は鼓濤が大切にしている薬膳師だ。必ずや無事に王宮に戻れるよう頼んだぞ、尊武」

黎司が答えると、尊武が俯きながらもぎろりと董胡に視線を向けた。

「!!」

視線だけで射殺されるかと思った。恐ろしい殺気を感じる。

（ぜ、絶対怒ってる。すごい怒ってる）

考えなくても分かっていたが、面倒がりの尊武がこの冬山を登ってきたのだ。

怒っていないわけがない。

だが恐ろしい殺気とは裏腹に尊武は答えた。

「どうぞお任せ下さいませ。必ずこの者を王宮に無事帰します」

「うむ。私にはもう時間がないようだ。そなたに任せたぞ」

黎司は残念そうにちらりと董胡を見つめ、空を見上げた。

月に浮かんでいた龍の影がこちらに向かって降りてきている。

（レイシ様……。行ってしまうの？）

さっきは一刻も早く王宮に戻ってもらわなければと思ったのに……。

急に心細くなった。

黎司が行ってしまったら、この誰もいない高原に尊武と二人きりになる。

もしかして無事に帰すと言いながら、腹立ち紛れに叩（たた）き斬るつもりじゃないだろうか。

尊武なら充分ありえる。怖すぎる。

（行かないで、レイシ様……。尊武様と二人きりにしないで……）

喉元（のどもと）まで出かかった言葉をぐっと呑（の）み込んだ。

（だめだ。命を削ってまで来て下さったレイシ様に甘ったれたことを言ってはいけない）

殺戮（さつりく）者の怒りを漂わせる尊武だが、この場は自分の力で切り抜けなければ……。

けれど、できることなら一緒に龍に乗せて連れ帰って欲しい。無理だろうけれど。

（ううう……。レイシ様と一緒に帰りたい……）

巨大な龍が空から螺旋を描いて黎司の頭上に現れた。

「そんな淋しそうな顔をするな、董胡」

黎司は董胡の不安そうな顔に気付いたのか、ふ……と笑った。

天人のように美しい微笑みを浮かべる黎司に龍が巻き付いていく。

そして黎司の体が再び光の粒子になって足先から砕けてきた。

そのまま光の粒子をちりばめながら龍と共に空に昇っていく。

「レ、へ、陛下っ！」

縋りつきたい思いを堪えて董胡は昇っていく黎司を追いかけた。

「王宮で会おうぞ、董胡。待っている……」

風に溶け込むような言葉を残して、黎司は龍と共に空高く昇り、光の粒子が一瞬で霧散するように消えてしまった。

（レイシ様……）

ああ……行ってしまった……。

その余韻を惜しむ暇もなく、恐ろしい現実が待っている。

さっきまでの天国が、突然地獄に変わった。

「天術か……。龍が使えるとはな……」

聞きたくもない声がすぐそばで呟いている。

「あ、あの……尊武様がどうしてこんなところに……」

董胡は恐る恐る尋ねた。

「どうしてだと？」

凍り付くような尊武の声が響く。

「どこかの間抜けがこんな僻地に攫われたからに決まっているだろうがっ!!」

(ひいいいっ!!)

やっぱり怒っている。ものすごい殺気を感じる。

このまま斬り捨てられるのではと思ったが、尊武は気を取り直したように尋ねた。

「それよりも、なぜ陛下が来られたのだ？　お前が玄武の后だということは知らないはずだろう？　ずいぶん親密なように見えたが……」

そうだった。

尊武は、董胡と黎司が昔からの知り合いだとは気付いていない。

后の薬膳師とはいえ、ただの平民医官のところに式神となってまで現れるはずがない。

「あ、あの……。陛下は私の薬膳料理を大変気に入っておられて……私の饅頭が食べたくなったようでございます。それでまだ戻らないのかと……」

いや、あまりに稚拙な言い訳だったか。

皇帝ともあろうお方が饅頭ごときのために式神となってやってくるなんて……。

そんな馬鹿な話を信じるわけがない。そう思ったが……。

「お前の饅頭か……。なるほど……」

(し、信じた⁉)

疑り深い尊武が、どうしたことか信じたようだ。

「それで？　お前の顔を見ても玄武の后だと気付かなかったのか？　まあ、そうだな」

尊武は董胡が答える前に、獣の毛皮を着て薄汚れた姿を見て勝手に納得した。

「こんな小汚いやつが自分の后だとは夢にも思わぬな。思いたくないな」

勝手に納得してくれたのはありがたいが失礼過ぎる。かなり傷ついた。

(その小汚い姿でレイシ様に抱きついてしまったじゃないか……)

落ち込む董胡だったが、どうにも気になったことを尋ねずにはいられない。

「尊武様は……最初から陛下だと気付いていたのではないのですか？」

この尊武が、うっかり陛下に剣を振り下ろすなんて失態をするとは思えない。

尊武は、ばれたかという顔で「ふん」と鼻を鳴らした。

「や、やっぱり気付いていたのですね⁉　分かっていて陛下を斬り捨てようとしたのですかっ‼　どうしてっ⁉」

今は味方だと言ったくせに。なぜそんな真似を……。

「さてな。なぜかお前と一緒にいる後ろ姿を見た瞬間、無性に斬り捨ててやりたくなったのだ。理由はない」

「な！　理由はないって……。そんな衝動で陛下を斬り捨てようとしたのですかっ⁉」

分かってはいたが、まともじゃない。

相手は皇帝陛下だ。不敬罪どころの話ではない。

「だが、よく考えてみると、王宮にいる陛下がここにいるはずがない。実体ではないのかと思ったら馬鹿馬鹿しくなってやめておいた。賢明な判断だったな」

「………」

やばい人だ。間違いなくやばい人だ。

だが、まだ唖然としている董胡に、尊武はいきなり言い放った。

「お前……尻を出せっ‼」

「えっ⁉」

いきなり何の話だと尊武を見上げる。

「思いっきり蹴っ飛ばしてやるから、尻を出せっ！」

「なっ！　何を言い出すのですか！」

まさか冗談だろうと顔色を窺う。

「この俺様が、お前ごときのためにこの冬山を登って来たんだ。こんな過酷な登山は初めてだった。岩に足を滑らせるたび、寒さに凍えそうになるたび、お前を全力で蹴っ飛ばすことだけを生き甲斐に耐え忍んだ」

「そ、そんなことを生き甲斐にしなくても……」

どうせならもっと誰かのためになるような生き甲斐を持って欲しい。

「とにかく一回蹴っ飛ばさせろ！　この山の上から転げ落としてやる！」

「い、嫌ですよ。こんな山の上から転げ落ちたら大怪我をしますよ！」

冗談を言っているのだと思いたいが、どうにも目が本気にしか見えない。

「お前を蹴飛ばさないことには、この腹立ちがおさまる気がしない。尻を出せ!!」

「い、嫌ですったら……。わ、私は仮にも皇帝の后ですよ」

「大丈夫だ。今のお前は皇帝の后どころか女にも見えない。遠慮なく蹴飛ばせる」

だめだ。何を言っても聞いてくれそうにない。

（レイシ様……。やっぱりこの危機を乗り越えられそうにありません……ううう……）

心の中で泣き言を吐く。

「安心しろ。無事に帰すと約束したから、死なない程度にしておいてやる」

もう観念して尻を差し出すしかないかと覚悟を決めた時だった。

「尊武様っ！　ここにおられましたか！」

「おお！　董胡殿もご一緒でしたか！　良かった」

董胡の背後から二人の男の声が響いた。

「月丞様、空丞様っ！」

まさかの月丞・空丞親子だ。

二人に見つかり、尊武は「ちっ！」と舌打ちをした。

（た、助かった……）

命拾いをした。ありがたい。

「急に軍を待機させてどこかに駆けて行かれたので捜しましたぞ、尊武様」

「御身がご無事かと心配しましたが、董胡殿を見つけておられるとは」

「さすが尊武様でございます」

「董胡殿を保護したとなれば、無駄な襲撃をする必要もなくなりましたね」

そうだ。軍を待機させているということは、ゲルはまだ無事なのだ。

良かったと安堵した董胡だったが……。

「いや、予定通り襲撃する。ロー族は全滅させる」

尊武が恐ろしい言葉を告げる。

「え？　どうして？　私は無事だったし、もういいではないですか！」

慌てて董胡が反論する。

「私がここまで来て手ぶらで帰ると思うのか？　この私が過酷な登山をしてまでやって来たのだ。当然、やつらは誰一人生かしておくわけにはいかぬ」

「そ、そんな……」

考えてみれば、この尊武が動いてただで済むはずがなかった。

「では当初の作戦通り軍を動かしますか？」

「董胡殿を確保したゆえ、遠慮なく襲撃できます」

月丞・空丞親子もこれには異論がないようで、襲撃する気満々だ。

「ま、待って下さい！　彼らはそんなに悪い人じゃないんです！」

慌てて止めようとする董胡に、尊武は呆(あき)れたように目を細めた。

「悪い人じゃないだと？　お前をこんな山奥に攫(さら)ったのだ。充分悪い人だろうが」

「そ、それはそうですが……でも、それには事情があって……」

「お前の甘ったるい頭の中は、冬山の寒さでいよいよ氷砂糖になってしまったようだな」

ど、どうしよう。このままではロー族が全滅させられる。

その時、はっと忘れていたことを思い出した。

「そ、そうだ！　青鬣馬(せいりょうば)だ！」

「青鬣馬？」

尊武は聞き返した。

「そ、そうです！　ロー族の人々は、私を攫ったお詫(わ)びにと青鬣馬の仔馬(こうま)を下さったのです。軍と取引きをするために連れて来ていたのですが……」

きょろきょろと辺りを見回すが、姿が見えない。

だが少し離れた岩陰にぶるぶると震える青い鬣(たてがみ)が見えた。

「ここにいたの？　怖かったから隠れていたんだね？」

董胡が駆け寄ると、仔馬はヒーンと鳴いて体を擦り付けてきた。

「よしよし。いろいろびっくりしたよね。もう大丈夫だよ」

「青い鬣……。これが……あの伝説の青鬣馬か……」

尊武も側に来て、珍しく目を輝かせている。どうやら興味があるらしい。

だが鬣を触ろうと尊武が手を伸ばすと、仔馬はヒーンと鳴いて董胡の後ろに隠れた。

動物は本能でやばい人を見分けるのだろう。避けられている尊武がちょっと可笑しい。

そういえば偽エジドの側にも絶対に行かなかった。賢い仔馬のようだ。

「ロー族は龍に守られた部族です。彼らしか青鬣馬を生み出せないようですよ。もしも全滅させたりしたら、今後二度と青鬣馬が現れませんよ」

「…………」

尊武は避けられて少し不機嫌になったものの、董胡の言葉は胸に響いたらしい。

「ふ……む。青鬣馬か……。しかも仔馬とは……」

やはり相当珍しい馬らしい。

「よし、いいだろう。話し合いの場を持とうではないか」

こうして尊武の軍とロー族の間で話し合いの場が設けられることになった。

十一、一件落着？

青軍と黄軍の兵が持つ松明に囲まれながら、ゲル群の真ん中の広場で話し合いの席が設けられていた。

ロー族は族長のロジンを中心に、側近二人とロサリも並んでいる。

こちら側には尊武を中心に月丞・空丞親子、それに董胡が並んでいた。

楊庵は無事に麒麟の密偵に助け出され、すでに周辺で姿を隠して見守っているらしい。

戻ってからほとんど話す暇もなく、連れていかれてしまった。

卜殷のことも後でゆっくり話そうと、無事だった報告しかできていなかったのに。

彼らは決して表舞台に姿を現さないのが信条のようだ。

「此度は、我が息子の病のためとはいえ、手荒な真似をして大事な医師を攫ったこと、申し訳なかった。心からお詫び申し上げる。すまなかった」

ロジンは深々と頭を下げる。同時に側近とロサリも頭を下げる。

これだけの大軍に囲まれてしまっては、下手に出るしかない。

「まったく……とんでもないことをしでかしてくれた。我らはそなたらを全滅させるつもりでこの厳しい冬山を登ってきたのだ」

「………」

尊武の言葉にぴりぴりと緊張が走る。

ロー族の男達がいつでも戦闘態勢になれるように剣を持つ手に力を込める。

「だが……我が薬膳師にも落ち度はあろう。あっさり攫われて、逃げ出すこともせずに呑気に病の治療ばかりか料理まで振る舞っていたというのだからな」

董胡は肩身の狭い思いで、小さくなって聞いていた。

チクチクと嫌みを言う尊武の言葉が痛い。

「いえ。董胡殿には息子の病を治しただけでなく、とても美味しい料理を作って頂きました。我らは感謝を込めて、ロー族の命とも言えるアズラガを献上するつもりでいました。それが我らのロー神のお告げだと部族のシャーマンも申しております」

敵であるはずのロジンの言葉の方が温かい。

「ふむ。我らも伝説の青鬣馬がいかに貴重なものかは聞いている。それゆえ、そなたらの深い謝罪の気持ち、しかと受け止めることにした」

「寛大なお言葉、心より感謝致します。ありがとうございます」

董胡はほっと息をついた。

カザルがロサリの後ろでにっこりと微笑んでいる。

董胡に青鬣馬が必要になるとは、まさにこのことだったのだ。

カザルはこうなることも分かっていたに違いない。

偽エジドのことは想定外だったかもしれないが……。

いや……もしかして、それすらも予想通りだったのかもしれない。

龍に導かれ、天術の新たな側面を黎司に体験させるための……？

それはさすがに考え過ぎだろうか。本当のところは、ローの神にしか分からない。

でも、とにかくすべてが丸く収まって良かった。


「いろいろごめんね。本当にありがとう、董胡。元気でね」

董胡達はロー族の配慮でゲルのそばで野営をしてしばし仮眠をとった後、日の出と共に青龍に戻ることになった。

「酒呑先生のことを頼んだね、サーヤ、サーヤ。それから、ハウルジャに来た時は、角宿で食料を交換してもらうといいからね。拓生に伝えておくから」

「うん。ありがとう」

ロサリも別れを告げに来てくれた。

「先生のお陰でずいぶん体が楽になりました。本当にありがとう。またアズラガが二頭生まれたら知らせます。滅多にないとは思うのだけど……」

尊武がいつの間にかちゃっかり、青鬣馬が二頭生まれた時は一頭を自分に献上するという約束を取り付けていたらしい。

「う、うん。ありがとうございます」

もう二度とないかもしれないけれど、それで尊武の機嫌が少し直ったので良かった。

最後にカザルがやって来た。またあの聡明な目になっている。

「道中はローの神が守ってくれる。安心していいよ」

カザルは言って、空を指差した。

見上げてみると、遠くにうねった雲が見えている。

「ありがとう。ローの神に感謝を伝えておいて。カザルもいいシャーマンになってね」

こうしてみんなと別れを告げて、董胡は帰途についた。


……だが、思った以上にきつい下山だった。

まだ残る雪に足は滑るし、道のない山路は危険だらけだ。

これを登ってきたというのだから、尊武が董胡を蹴っ飛ばしたくなる気持ちも少し理解してしまった。本当にみんなに申し訳ない。

「大丈夫ですか、董胡殿？」

董胡の側には空丞がついてくれた。

ほとんど空っぽの薬籠は他の人に持ってもらっている。

「体を鍛えていない董胡殿にはきつい道のりでしょう。私の腕に身を預けてもいいですよ。滑り落ちないように支えていますから」

「ありがとうございます、空丞様」

優しい空丞がいてくれて助かった。

まだ仔馬の青鬣馬は月丞が丁重に抱きかかえてくれているようだ。

これ以上みんなに迷惑をかけないようにと、慎重に山道を下りる董胡だったが……。

ふと……背後に殺気を感じた。

「はっ!!」

振り返ってみると、般若のごとく恐ろしい顔の尊武が真後ろにいた。

そのまま右足を思いっきり董胡の尻めがけて蹴り出してくる。

「わあああっ!!」

体が宙を舞い、山道を蹴り落とされたと思った。しかし……。

「な、何をなさるのですか、尊武様！　危ないではないですか!!」

異変を感じた空丞が、董胡を抱きかかえて危機一髪守ってくれた。

「………。うっかり足が滑ったのだ。済まなかったな」

しくじったという顔で、悔しそうに謝る。

「う、嘘だ！　絶対わざと蹴ったくせに！　この方はこういう人なんです、空丞様!!」

空丞に抱きかかえられたまま、董胡が訴える。

機嫌が直ったと思ったのに、険しい下山で怒りが再燃したらしい。

この人のそばにいたらいつか殺されるに違いない。

尊武は董胡に責められ「ふん！」と鼻を鳴らしてそっぽを向いている。

下山の途には、熊より恐ろしい尊武がいるのだ。先が思いやられる。

「と、董胡殿。私が背後を守っていますから、前を歩いて下さい」

困り顔の空丞が小声で囁き、董胡を守ってくれた。

それでも隙を見て何度か尻を蹴飛ばされそうになりながら、命懸けの下山の末、ようやく角宿に戻ってきたのは、翌日の昼過ぎのことだった。

◆

角宿で一日だけ休養を取り、すぐに王宮に戻ることになった。

董胡のせいで予定よりずいぶん遅れてしまっていた。

角宿でも別れの挨拶があった。

時間が惜しいということで、仰々しい別れの儀はなかったが、雲埆寮のみんなは見送りに来てくれた。

「董胡。いろいろありがとうね。きっと医師になって、いつか董胡に挨拶に行くよ」

拓生はずいぶん傷が癒えたようで、友人に支えられながらも歩けるようになっていた。

「うん。待っているよ。ロー族のことも頼んだよ」

「任せて。お祖父様が遊牧民に詳しい人を知っているらしいから」

よくよく話を聞いてみると、ロー族にいた偽エジドは伯生の知り合いの者に連絡をとって、食料などを交換してもらっていたらしい。それを神の実と言って持ち帰っていたようだ。伯生の知り合いは高原の珍しい食材が欲しかっただけで、偽エジドの悪事のことは知らなかったようだが……。

その男が今回の軍の道案内もしたようだ。

伯生と拓生が、責任を持ってロー族に鹿尾菜（ひじき）などの海産物を届けるようにすると約束してくれた。これでロー族のことも一安心だった。

残る問題は……。

「おい。お前はこっちだ。私の牛車（ぎっしゃ）に乗れ！」

こっそり従者の中に紛れようとしたのだが、尊武に首根っこを掴（つか）まれた。

「い、いえ……。私は歩いて行きますので……」

尊武と同じ牛車に乗ったりなどしたら、王宮に着くまでに命があるかどうかも怪しい。

「遠慮するな。お前のことは陛下直々に頼まれたのだ。私が一時も側から離さず、連れ帰ってやろう」

間違いなく悪だくみのある微笑を浮かべて尊武が言う。

「い、いいえ。尊武様のお目汚しになりますので、遠慮させて頂きたく……」

「私の申し出を断れると思っているのか？　いいからさっさと乗れ！」

否応（いやおう）なく牛車に放り込まれた。

万事休すだ。

遠くで心配そうに空丞が見ている。

黄軍の将の一人でもある空丞は軍を率いねばならず、今回ばかりはどうにもできないようだ。

（こ、殺される……。今度こそ間違いなく殺される……）

董胡の後から牛車に乗り込んだ尊武が不敵な笑みを浮かべ近付いてくる。

（ど、どうしよう。レイシ様……。無事に帰れないかもしれません……うう）

じりじりと後ずさりして牛車の一番奥まで下がっていく。

それを追いかけるように尊武がこの時を待っていたという顔で迫ってきた。

「さて……。どうしてくれようか……。この間抜けを……」

「ご、ごめんなさい！　許して下さい！　申し訳なかったと思っています」

「これほど腹立たしい日々は我が人生で初めてだ。お前ごときに振り回されて、ずいぶん余計な体力を使ってしまった。この恨みをどう晴らすべきか……」

「わざとじゃありませんったら！　青鬣馬は尊武様に差し上げますから」

「当然だ。あれは私の戦利品だ。全然懐かないがな」

あれから何度か鬣（たてがみ）を撫でようとしたようだが、ことごとく嫌がられたようだ。

あの仔馬は賢い。悪人を見分けられるらしい。ちょっといい気味だ。

「それでもまだ腹の虫がおさまらないのだ。どうしてくれる」

数発殴られる覚悟をしたところで、ふいに董胡の目の前に扇が二つ現れた。

二つの背が董胡の前に立ちはだかり、近付く尊武を扇でぐいと押しとどめる。

「ち、茶民っ!! 壇々っ!!」

まさかの二人の式神が戻ってきた。

無表情のまま尊武に睨みをきかせた二人の侍女がいる。

「わあああん。ありがとう、翠明様! 戻れたんだね、茶民、壇々〜!!」

これほど嬉しいことはない。

「元気そうで良かったよ〜。会いたかった茶民、壇々」

半泣きで二人の侍女にしがみつく董胡に、尊武は「ちっ!」と舌打ちをした。

「翠明め。また余計なことを……」

というわけで……。

尊武は時々董胡に対する怒りを思い出すのか、隙をみては何度か蹴飛ばそうとしてきたが、そのたび茶民と壇々が防いでくれて、王宮までの道のりをなんとか無事に帰ることができたのだった。

◆

長旅の末、王宮に戻ると王琳が大喜びで出迎えてくれた。

よほど不安な思いをしたのか、気丈な王琳が涙ぐんでさえいた。

茶民と壇々は、直前まで式神の人柱をしていたせいで、まだ眠っていた。

二人には起きたら最高のご馳走を用意しようと思う。


こうして、久々の日常が戻っていた。

皇帝、黎司は特使団の出迎えの儀と、尊武や月丞・空丞との謁見などで忙しい日々を過ごしていたようだ。報告のための殿上会議も終えて、ようやくひと段落したのは王宮に戻ってから五日ほど過ぎた後だった。

久しぶりに鼓濤のもとに、帝が前日の先触れもなく訪ねてきた。

「ようこそお越し下さいました。陛下」

御簾の裏で平伏し、帝を出迎えた。

こんな形で黎司と会うのは久しぶりだ。

青龍に行く前に、董胡のことで喧嘩のようになって以来だった。

董胡が青龍に行っている間、何度か帝が先触れを寄越したようだが、当然鼓濤がいるはずもなく、いつものように流行り病だと言って王琳が断ってくれていたらしい。

黎司はゆっくりと繧繝縁の厚畳に座してから、じっとこちらを見ているようだ。

そしてほっとため息をもらしてから告げた。

「もう二度と……会ってくれないのかと思った」

「え?」

董胡は驚いて顔を上げた。

「先日、董胡のことでそなたにずいぶん酷い言い方をしてしまったからな。ずっと怒っているのだと思っていた」

「ま、まさか……陛下に怒るだなんて畏れ多い……」

黎司が怒るのも当然だし、むしろ心配させて申し訳ないと思っていたのに。

そんな風に思われているとは、まったく考え及ばなかった。

「体調が優れず……申し訳ございませんでした」

嘘をつくのは心苦しいが、拒絶していたわけではないことは知っていて欲しい。

「いや、私の方こそ冷たい言い方をして済まなかった。そなたや董胡にも何か事情があったのであろう。できることなら……私に話してくれれば嬉しいが……」

「それは……」

口ごもったまま黙り込む鼓濤を見て、黎司は諦めたように告げた。

「まあよい。無事董胡も帰ってきたことだし、今宵は特使団にそなたの薬膳師を借りた礼を言いたくて参ったのだ。董胡には後日改めて詳しい話を聞こうと思っているが、まずはそなたに一言と思っただけだ。そなたも元気になったようで良かった」

それだけ言って早々に立ち上がろうとした黎司を、董胡は慌てて呼び止めた。

「お待ち下さいませ。本日は、董胡が高原から持ち帰った珍しい食材で膳を用意しております。ご迷惑でなければ、お召し上がり下さいませ」

「膳を？　急な訪問であったのに、準備してくれたのか？」

「はい。実は董胡が高原で作った料理を私に再現して振る舞ってくれると、朝から準備してくれていたのです。お口に合うものか分かりませんが、珍しいものゆえ陛下もご試食頂ければと、ささやかな膳でございますが急ぎ用意致しました」

高原でみんなに振る舞った薬膳料理に少し伍尭國の食材を取り入れたものだ。

豪華なものではないが、希少なものには違いない。

「ほう。それは興味深いな。是非とも食べてみたい」

「高原では家畜の乳が貴重な食材として用いられているようです。ただ、陛下には粗野な食材かもしれませんがよろしいでしょうか？」

伍尭國の貴族は家畜の乳は下賤な食材として口にしないものだと王琳は言っていた。

陛下に出すのは失礼ではないかと心配していたが……。

「構わぬ。高原の民がどのようなものを食すのか知りたい。遠慮はいらぬ」

黎司ならば、そう言うだろうと思っていた。

さっそく王琳が膳を運び、黎司の毒見役が入ってきて奇妙な食材を少し迷惑そうに食べてから、一応問題はないと出ていった。

「まずは右側から、アーロール、ビャスラグ、ウルムの順で並んでおります。アーロールというのは高原の民のおやつのようなもので、少し酸っぱくて固い乳酪だそうでございます。それからビャスラグは……」

サーヤに教わった白い食べ物を紹介し、その作り方まで細かく説明する。

「ほう。牛の乳からこのような食べ物ができるのか。興味深い。うむ。これは確かに少し酸っぱいが、ビャスラグは食べやすいな。ウルムはなかなか美味だぞ」

黎司は鼓濤の説明を聞きながら、珍しい食べ物に感心している。

「それから赤い食べ物と言って、羊の干し肉などを常食しているそうです。その干し肉を使った蒸し饅頭(まんじゅう)を作ってくれました」

「ほう。羊か。伍尭國でも食べることはあるが、少しくせが強い肉だな」

「ところが高原の羊はさほどくせがなく美味(おい)しいのです。それに内臓なども生で食べていたようです。生の肝の臓が美味しいのだと言っていたそうですが……」

「肝の臓が美味(うま)いのか？　うーむ。それはさすがに遠慮したいがな……」

「それから他にも……」

黎司に話したいことがたくさんある。高原で見た出来事のすべてを聞いて欲しい。

気付けばすっかり夢中になって二人で話し込んでいた。

さっきまでのわだかまりも消えて、黎司は久しぶりの董胡の蒸し饅頭に「美味いな」と舌鼓を打っている。

この時間が永遠に続けばいいのにと思う。

けれど黎司を取り巻く環境は、まだまだ問題が山積みだった。

「そういえば……尊武が青鬣馬を私に献上してくれた」

ひとしきり食べ終えた後、黎司は思い出したように告げた。

「尊武様が青鬣馬を？　陛下に？」

てっきり自分の馬にするのかと思ったが、まさか帝に献上するとは。

「今回の特使団での尊武の働きは素晴らしいものであった。雲埆寮の騒動を見事に収め、攫われた董胡を助けるために自ら冬山に登り、伝説の青鬣馬まで手に入れて私に献上したのだ。貴族の間では尊武の功績を称える者が続出している」

確かに……表面だけを見れば見事な手腕と言わざるを得ない。

だが現場で間近に見た者としては、決して褒められたことばかりではない。

尊武の冷酷さや危険な思想を野放しにしていいものなのか……。

「中にはただの平民医官を救うために険しい山に登って自ら助け出した英雄のように語る者もいる。さらに手に入れた貴重な青鬣馬を、迷いなく皇帝に差し出す私欲のなさを称える者もいる。いずれ貴族から平民へと尊武の名声は轟いていくことだろう」

「名声……」

本当に名声と呼べるものなのか？

確かに助けには来てくれたが、空丞に少し聞いてみると最初は放っておけと見捨てるつもりしかなかったようだ。それを月丞・空丞親子が説き伏せて助けにきてくれたのだ。

それなのに、董胡を助けるために自ら決断したような美談に置き換わっている。

余計な体力を使わせたと董胡をずっと蹴飛ばそうとしていたような人なのに。

(なにが英雄だ……)

本当に命を削っても董胡を助けようとしてくれたのは、目の前の黎司なのに。

青鬣馬にしたって、本当はロサリの病を治した董胡にくれたものだ。

それをゲルへの襲撃をやめさせるために董胡が尊武に差し出したのだ。

その辺の事情はすべて省略して、いつの間にか自分の功績のようにして献上している。

(私欲がないだって？　きっと仔馬が懐かないから仕方なく献上したんだ)

懐かない馬を無駄に持っているぐらいなら献上した方がいいから……。

けれどすべては尊武に有利に働いている。

「そなたの兄は大した人物のようだな」

反応を窺うように黎司は鼓濤に尋ねた。

いいえ、とんでもない危険人物です……と答えたいところだが、鼓濤の立場では何も言えない。

いずれ董胡として黎司に会う時にはすべての悪事をぶちまけてやろうと思うが、鼓濤としては無難な返事をするしかない。

「我が兄上が陛下のお力になれましたこと、心より嬉しく思っております」

「………」

黎司は少し考え込んだあと、探るのを諦めたのかぽつりと呟いた。

「今回の働きにより、そなたの兄を私が軽んじるようなことがあれば……もはや世間が許さぬであろうな……」

董胡が尊武の悪事を訴えたところで、皇帝の側から排除することはできない。
事実がどうであろうと、世間の風評では皇帝のために死力を尽くした英雄なのだ。
尊武は青鬣馬を差し出し、まんまと世間を味方につけた。
つくづく侮れない男だった。

◆

こうして皇帝や特使団の面々が忙しく後処理に動いている日々の中、とある宮でまた一つ暗い思惑が王宮に波瀾(はらん)を巻き起こそうとしていた。

「では……陛下は昨晩、玄武のお后様の許(もと)に行かれたのですね？」

真っ白な絹の縁取りがされた御簾(みす)の中から、慎(つつ)ましく可憐(かれん)な声が響く。

「はい。昨晩はすぐに戻るとおっしゃったのに、明け方近くまで過ごされたようです」

御簾の前に平伏する女官が答えた。

「そう……。よほど玄武のお后様に心奪われておいでのようね……」

呟いた後、ほうっと淋(さび)しげなため息を漏らす。それがなんとも艶(なま)めかしい。

「先日までは陛下が先触れを送っても、流行(はや)り病だなどと見え透いた嘘をついて無視していらっしゃったというのに、昨晩は急なお訪ねにも拘わらず長く引き留めたりして。陛下が特使団の後処理でお疲れだと分かっていらっしゃるはずなのに」

女官は腹立たしい様子で告げる。

「そのようにお后様のことを悪く言ってはいけませんよ。奏優殿」

御簾の中の女性は優しく窘める。

「も、申し訳ございません。雪白様。無垢な姫様の前でお耳汚しな言葉を使ってしまいました。お許し下さいませ」

黄色の表着を着た帝の侍女頭でもある奏優は、慌てて謝った。

「いいえ。あなたが帝のことを心配しておっしゃっているのはよく分かっています。不安なのでございますね？」

柔らかく耳をくすぐるような声が尋ねる。

「陛下は……玄武のお后様に騙されているのでございます。輿入れ当時はひどく嫌っておられたはずなのに、いつの間にか足繁く通うようになられて……」

奏優は思いつめたように続ける。

「何か怪しい術でも使っているのかもしれませんわ。噂では昔攫われた姫君だとかで、本物かどうかも分からないとか……。敵対する亀氏様が送り込んだ刺客ではないかと怪しむ神官様もいらっしゃいます。きっと陛下を虜にする術を使っているのですわ」

「まあ……なんと恐ろしい方……」

雪白と呼ばれた姫は、恐ろしげに息を呑(の)む。

「陛下には……雪白様のような穢(けが)れを知らぬ、慈悲深い姫君こそが相応(ふさわ)しいのです」

「いいえ。私など……。陛下は来られても顔もご覧になろうとなさいませんから」

姫君は淋しげに呟く。

「虎氏(こし)様が亀氏様と仲が良いので警戒しておられるのですわ」

「我が義父上(ちちうえ)様は私の輿入れ直後に階(きざはし)から落ちて大怪我をなさって、それ以来御用のある時しか王宮にも来られず、后宮にも顔を出してもくれないというのに。このような私が何を企(たくら)むというのでしょう」

儚(はかな)げな声が涙ぐんで告げる。

「私にお任せ下さい、雪白様。必ずや陛下の目を覚まし、玄武のお后様の正体を暴いてみせますわ。そして、雪白様こそが皇后に相応しいお方なのだと気付いて頂きます」

雪白は御簾の中で涙に濡(ぬ)れた顔を上げる。

「ああ……。奏優殿はなんてお優しい方なの？　捨て置かれた私に、そのような言葉をかけて下さるのはあなただけですわ。頼りにしていますわ」

「ええ。私は雪白様の味方ですわ。お任せ下さい!!」

強い決意をもって答える奏優に、雪白は御簾の中でにやりと微笑んだ。

王宮に新たな火種が灯(とも)ろうとしていた。

本書は書き下ろしです。

皇帝の薬膳妃

緑の高原と運命の導き

尾道理子

令和５年 12月25日　初版発行
令和６年 10月30日　４版発行

発行者●山下直久

発行●株式会社KADOKAWA
〒102-8177　東京都千代田区富士見2-13-3
電話　0570-002-301(ナビダイヤル)

角川文庫 23954

印刷所●株式会社KADOKAWA
製本所●株式会社KADOKAWA

表紙画●和田三造

●お問い合わせ
https://www.kadokawa.co.jp/（「お問い合わせ」へお進みください）
※内容によっては、お答えできない場合があります。
※サポートは日本国内のみとさせていただきます。
※Japanese text only

ISBN 978-4-04-114538-8　C0193

◆◇◇

角川文庫発刊に際して

角　川　源　義

第二次世界大戦の敗北は、軍事力の敗北であった以上に、私たちの若い文化力の敗退であった。私たちの文化が戦争に対して如何に無力であり、単なるあだ花に過ぎなかったかを、私たちは身を以て体験し痛感した。西洋近代文化の摂取にとって、明治以後八十年の歳月は決して短かすぎたとは言えない。にもかかわらず、近代文化の伝統を確立し、自由な批判と柔軟な良識に富む文化層として自らを形成することに私たちは失敗して来た。そしてこれは、各層への文化の普及滲透を任務とする出版人の責任でもあった。

一九四五年以来、私たちは再び振出しに戻り、第一歩から踏み出すことを余儀なくされた。これは大きな不幸ではあるが、反面、これまでの混沌・未熟・歪曲の中にあった我が国の文化に秩序と確たる基礎を齎らすためには絶好の機会でもある。角川書店は、このような祖国の文化的危機にあたり、微力をも顧みず再建の礎石たるべき抱負と決意とをもって出発したが、ここに創立以来の念願を果すべく角川文庫を発刊する。これまで刊行されたあらゆる全集叢書文庫類の長所と短所とを検討し、古今東西の不朽の典籍を、良心的編集のもとに、廉価に、そして書架にふさわしい美本として、多くのひとびとに提供しようとする。しかし私たちは徒らに百科全書的な知識のジレッタントを作ることを目的とせず、あくまで祖国の文化に秩序と再建への道を示し、この文庫を角川書店の栄ある事業として、今後永久に継続発展せしめ、学芸と教養との殿堂として大成せんことを期したい。多くの読書子の愛情ある忠言と支持とによって、この希望と抱負とを完遂せしめられんことを願う。

一九四九年五月三日